用文字照亮每个人的精神夜空

漫说文化丛书

男男女女

黄子平 编

湖南人民出版社 · 长沙

● 如何收听《男男女女》全本有声书？

① 微信扫描左边的二维码关注"领读文化"公众号。

② 后台回复【男男女女】，即可获取兑换券。

③ 扫描兑换券二维码，免费兑换全本有声书。

● 去哪里查看已购买的有声书？

方法 ①

兑换成功后，收藏已购有声书专栏，

即可在微信收藏列表中找到已购有声书。

方法 ②

在"领读文化"公众号菜单栏点击"我的课程"，

即可找到已购有声书。

序

陈平原

　　据说，分专题编散文集我们是"始作俑者"，而且这一思路目前颇能为读者所接受，这才真叫"无心插柳柳成荫"。当初编这套丛书时，考虑的是我们自己的趣味，能否畅销是出版社的事，我们不管。并非故示清高或推卸责任，因为这对我们来说纯属"玩票"，不靠它赚名声，也不靠它发财。说来好玩，最初的设想只是希望有一套文章好读、装帧好看的小书，可以送朋友，也可以搁在书架上。如今书出得很多，可真叫人看一眼就喜欢，愿把它放在自己的书架上随时欣赏把玩的却极少。好文章难得，不敢说"野无遗贤"，也不敢说入选者皆字字珠玑，只能说我们选得相当认真，也大致体现了我们对20世纪中国散文的某些想法。"选家"之事，说难就难，说易就易，这点如鱼饮水，冷暖自知。

　　记得那是1988年春天，人民文学出版社约我编林语堂散文集。此前我写过几篇关于林氏的研究文章，编起来很容易，可就是没兴致。偶然说起我们对20世纪中国散文的看法，以及分专题编一套小书的设想，没想到出版社很欣赏。这样，1988年暑假，钱理群、黄子平和我三人，又重新合作。大热天闷在老钱那间十平方米的小屋里读书，先拟定体例，划分专题，再分头选文。读到出乎意料之外的好文章，当即"奇文共欣赏"；不过也淘汰了大批徒有虚名的"名作"。开始以为遍地黄金，捡不胜捡；可沙里淘金一番，才知道好文章实在并不多，每个专题才选了那么几万字，根本不够原定的字数。开学以后又泡图书馆，又翻旧期刊，到1989年春天才初步编好。接着就是撰写各书的前言，不想随意敷衍几句，希望能体现我们的趣味和追求，而这又是颇费斟酌的事。一开始是"玩票"，越做越认真，变成撰写20世纪中国散文史的准备工作。只是因为突然的变故，这套小书的诞生小有周折。

对于我们三人来说，这迟到的礼物，最大的意义是纪念当初那愉快的学术对话。就为了编这几本小书，居然"大动干戈"，脸红耳赤了好几回，实在不够洒脱。现在回想起来，确实有点好笑。总有人问，你们三个弄了大半天，就编了这几本小书，值得吗？我也说不清。似乎做学问有时也得讲兴致，不能老是计算"成本"和"利润"。唯一有点遗憾的是，书出得不如以前想象的那么好看。

这套小书最表面的特征是选文广泛和突出文化意味，而其根本则是我们对"散文"的独特理解。从章太炎、梁启超一直选到汪曾祺、贾平凹，这自然是与我们提出的"20世纪中国文学"的概念密切相关。之所以选入部分清末民初半文半白甚至纯粹文言的文章，目的是借此凸现20世纪中国散文与传统散文的联系。鲁迅说五四文学发展中"散文小品的成功，几乎在小说戏曲和诗歌之上"（《小品文的危机》），原因大概是散文小品稳中求变，守旧出新，更多得到传统文学的滋养。周作人突出明末公安派文学与新文学的精神联系（《杂拌儿·跋》和《中国新文学的源流》），反对将五四文学视为对欧美文学的移植，这点很有见地。但如以散文为例，单讲输入的速写（Sketch）、随笔（Essay）和"阜利通"（Feuilleton）固然不够，再搭上明末小品的影响也还不够；魏晋的清谈、唐末的杂文、宋人的语录，还有唐宋八大家乃至"桐城谬种""选学妖孽"，都曾在本世纪的中国散文中产生过遥远而深沉的回音。

面对这一古老而又生机勃勃的文体，学者们似乎有点手足无措。五四时输出"美文"的概念，目的是想证明用白话文也能写出好文章。可"美文"概念很容易被理解为只能写景和抒情；虽然由于鲁迅杂文的成就，政治批评和文学批评的短文，也被划入散文的范围，却总归不是嫡系。世人心目中的散文，似乎只能是风花雪月加上悲欢离合，还有一连串莫名其妙的比喻和形容词，甜得发腻，或者借用徐志摩的话，"浓得化不开"。至于学者式重知识重趣味的疏淡的闲话，有点苦涩，有点清幽，虽不大容易为入世未深的青年所欣赏，却更得中国古代散文的神韵。不只是逃避过分华丽的辞藻，也不只是落笔时的自然大方，这种雅致与潇洒，更多的是一种心态，一种学养，一种无以名之但确能体会到的"文化味"。比起小说、诗歌、戏剧来，散文更讲浑然天成，更难造假与敷衍，更依赖于作者的才情、悟性与意趣——因其"技术性"不强，很容易写，但很难写好，这是一种"看似容易成却难"的文体。

选择一批有文化意味而又妙趣横生的散文分专题汇编成册，一方面是让读者体会到"文化"不仅凝聚在高文典册上，而且渗透在日常生活中，落实为你所熟悉的一种情感，一种心态，一种习俗，一种生活方式；另一方面则是希望借此改变世人对散文的偏见。让读者自己品味这些很少"写景"也不怎么"抒情"的"闲话"，远比给出一个我们认为准确的"散文"定义更有价值。

当然，这只是对20世纪中国散文的一种读法，完全可以有另外的眼光另外的读法。在很多场合，沉默本身比开口更有力量，空白也比文字更能说明问题。细心的读者不难发现我们淘汰了不少名家名作，这可能会引起不少人的好奇和愤怒。无意故作惊人之语，只不过是忠实于自己的眼光和趣味，再加上"漫说文化"这一特殊视角。不敢保证好文章都能入选，只是入选者必须是好文章，因为这毕竟不是以艺术成就高低为唯一取舍标准的散文选。希望读者能接受这有个性、有锋芒，因而也就可能有偏见的"漫说文化"。

1992年9月8日于北大

附记

陈平原

旧书重刊,是大好事,起码证明自己当初的努力不算太失败。十五年后翩然归来,依照惯例,总该有点交代。可这"新版序言",起了好几回头,全都落荒而逃。原因是,写来写去,总摆脱不了十二年前那则旧文的影子。

因为突然的变故,这套书的出版略有耽搁——前五本刊行于1990年,后五本两年后方才面世。以当年的情势,这套无关家国兴亡的"闲书",没有胎死腹中,已属万幸。更让我们感到欣慰的是,这十册小书出版后,竟大获好评,获得首届(1992)新闻出版署直属出版社优秀图书奖选题一等奖。我还因此应邀撰写了这则刊登在1992年11月18日《北京日报》上的《漫说"漫说文化"》。此文日后收入湖南教育出版社版《漫说文化》(1997)和北京大学出版社版《二十世纪中国文学三人谈·漫说文化》(2004),流传甚广。与其翻来覆去,车轱辘般说那么几句老话,还不如老老实实地引入这则旧文，再略加补正。

丛书出版后，记得有若干书评，多在叫好的同时，借题发挥。这其实是好事，编者虽自有主张，但文章俱在，读者尽可自由驰骋。一套书，能引起大家的阅读兴趣，让其体悟到"另一种散文"的魅力，或者关注"日常"与"细节"，落实"生活的艺术"，作为编者，我们于愿足矣。

这其中，唯一让我们很不高兴的是，香港勤+缘出版社从人民文学出版社购得该丛书版权，然后大加删改，弄得面目全非，惨不忍睹。刚出了一册《男男女女》，就被我们坚决制止了。说来好笑，虽然只是编的书，也都像对待自家孩子一样，不希望被人肆意糟蹋。

也正因此，每当有出版社表示希望重刊这套丛书时，我们的要求很简单：保持原貌。因为，这代表了我们那个时候的眼光与趣味，从一个侧面凸现了神采飞扬的80年代，其优长与局限具有某种"史"的意义。很感谢复旦大学出版社，除了体谅我们维护原书完整性的苦心，还答应帮助解除人民文学出版社版印刷不够精美的遗憾。

2005年4月13日于京西圆明园花园

再记

陈平原

转眼间，十三年过去了。眼看复旦大学出版社版"漫说文化"丛书售罄，"领读文化"的康君再三怂恿，希望重刊这套很有意义的小书。

只要版权问题能解决，让旧书重新焕发青春，何乐而不为？更何况，康君建议请专业人士朗读录音，转化为二维码，随书付印，方便通勤路上或厨房里忙碌的诸君随时倾听。

某种意义上，科技正在改变国人的阅读习惯，一个明显的例子，便是"听书"成了时尚。对于传统中国文人来说，这或许是一种新的挑战。可对于现代中国散文来说，却是歪打正着。因为，无论是胡适的"国语的文学，文学的国语"，还是周作人的"有雅致的白话文"，抑或叶圣陶的主张"作文"如"写话"，都是强调文字与声音的紧密联系。

不仅看起来满纸繁花，意蕴宏深，而且既"上口"，又"入耳"，兼及声调和神气，这样的好文章，在"漫说文化"丛书中比比皆是。

如此说来，"旧酒"与"新瓶"之间的碰撞与对话，很可能产生绝妙的奇幻效果。

2018年3月21日于京西圆明园花园

导读

黄子平

　　从本世纪卷帙浩繁的散文篇什中编出一本十来万字的、谈论"男与女"专题的、带点儿文化意味的集子，不消说是一件虽然困难却十分有意思的事情。

　　散文，是一个文体类别的概念。男女，则是一个性别概念。把这两个概念搁一块儿考虑有没有什么道理？世界上的一些女权主义批评家琢磨过这两者之间的关系，比如说："性别（gender）和文类（genre）来自同一词根，它们在文学史上的联系几乎就像其词源一样亲密。"由此，人们讨论了"小说与妇女"这一类极有吸引力的课题，指出某一些文体类型更适合于成为"综合女性价值"的话语空间，等等。但是，也有另外的女权主义批评家，不同意这种基于词源学的观点来展开逻辑论证的方法，说是"你能根据'文类'与'性别'源于同一词根就证实它们有联系的话，你也能证实基督徒（Christians）和白痴

（cretins）有联系，因为它们皆源于拉丁语'信徒'（christianus）"。

当然，一种方法的滥用并不能反过来证明它在其一定范围内的有效性已经失灵：词源学上的联系仍然是一种联系，而且也就投射了一种概念上、观念上和思想史上的可能相当曲折的联系。避开拉丁语之类我们极感陌生的领域，回顾一下我们中国自己的"文体史"和"妇女史"，也能觉察出"文类之别"和"男女之别"，实际上是处于同一文化权力机制下的运作。中国古代的文体分类可以说与伦理道德教化体制一齐诞生。《周礼·大祝》曰："作六辞以通上下亲疏远近，一曰祠，二曰命，三曰诰，四曰会，五曰祷，六曰诔。"在《礼记》一书中，还对某些文体的使用范围加以规定，比如"诔"："贱不诔贵，幼不诔长，礼也。唯天子称天以诔之。诸侯相诔，非礼也"。把文类看作仅仅是文学史家为了工作的便利而设置的范畴归纳，而看不到其中包含的文化权力的运作，就太天真了。每一个时代中，文类之间总是存在着虽未明言却或井然有序或含混模糊的"上下亲疏远近"关系，有时我们称之为"中心—边缘"关系。直至今天，当我们注意到几乎所有的综合性文学刊物都罕有将"散文"或"抒情短诗"置于"头条位置"时，文类之间的上述不成文的"伦理"秩序就昭然若揭了。有时我们能听到这样的传闻，说是从事剧本创作的文学家在文艺界代表大会上尴尬地发现自己"掉在了两把椅子中间"，在"剧协"中无法与著名导演、名角、明星们平起平坐，在"作协"中又被小说家和诗人们所挤对。他们呼吁成立专门的"戏剧文学家协会",正表明了某一文类在当代文化权力机制中的困窘地位或边缘位置。如果我们由此联想到别的一些代表大会中要求规定女性代表的数量达到一定的百分比,这种联想多少总是有点道理的了。

同样,"男女之别"决不仅仅是生理学或生物学意义上的划分,而首先是文化的和政治的划分。正如西蒙娜·波伏瓦所说的,女人绝非生就的而是造就的。从中国古典要籍中可以不太费力地引证材料来说明这一点。《通鉴外纪》载:"上古男女无别,太昊始设嫁娶,以俪皮为礼,正姓氏、通媒妁,以重人伦之本,而民始不渎。"《礼记·郊特牲》:"妇人,从人者也:幼从父兄,嫁从夫,夫死从子。"《礼记·大戴》:"妇人,伏于人者也。"《说文》:"妇,服也。"在两千年的父权文明中,"男女之别"不单只是一种区分,而且是一种差序,一种主从、上下、尊卑、内外的诸种关系的规定。

这样,当我们把文体类别和性别这两个概念搁一块儿考虑的时候,那个作为同一位"划分者"的历史主体就浮现了,那位万能的父亲的形象在文化史的前景中凸显。更准确地说,任何划分都是在"父之法"的统治下进行。既然"男与女"是文学、文化、伦理等领域无法回避、必然要谈论的主题,父系社会就规定了谈论它的方式、范围、风格、禁忌等。周作人曾经谈到:中国历来的散文分为两类,一类是"以载道"的东西,一类则是写了来消遣的。在前一类文章中也可以谈"男女",却正襟危坐、道貌岸然，其文体主要是伦理教科书之类的形式。父系文明甚至不反对女才子们写作这类东西，如班昭和宋若华们写的《女诫》《女伦语》之类。更多的涉及"男女"或曰"风月"的作品，却只能以诗词、传奇、话本、小说这类处于话语秩序的边缘形式来表达。被压入幽暗之域的历史无意识借助在这后一类话语中或强或弱的宣泄，调节着、消解着、补充着、润滑着整个文化权力机制的运作。

现在要来说清楚编这本散文集的"十分有意思"之处，就比较容易了。

十九世纪末二十世纪初，中国社会发生急剧的变动。相应地，文体类型的结构秩序也产生了"中心移向边缘，边缘移向中心"这样的位移错动。正统诗文的主导地位迅速衰落了，小说这一向被视为"君子弗为"的邪宗被时人抬到了"文学之最上乘"的吓人位置，担负起"改良群治""新一国之民"的伟大使命。新诗经由"尝试"而终于"站在地球边上呼号"。戏剧直接由域外引进，不唱只念，文明戏而至"话剧运动"。其间散文的命运最为沉浮不定。它既不像小说那样，起于草莽市井而入主宫闱；也不像新诗那样，重起炉灶另开张，整个儿跟旧体诗词对着干；更不像话剧那样，纯然"拿来"之物，与旧戏曲毫无干系（至少表面看来如此）。说起来，在中国整个文学遗产中，各类散文作品所占的比重，比诗歌、小说、戏曲合在一起还大。而所谓散文这一类型概念本身的驳杂含混，足以容纳形形色色的文体，诸如古文、正史、八股文等较占"中心位置"的文体，又包含小品文、笔记、书信、日记和游记一类位于边缘的类型。因此，在谈论"二十世纪中国文学"的文体结构变动中散文的位移时，就无法笼统地一概而论。借用周作人的范畴，我们不妨粗疏地说"载道之文"由中心移向边缘，而"言志之文"由边缘移向中心。其间的复杂情形无法在这里讨论，譬如书信、日记、游记之类渗入到小说里去暗度陈仓，或者反过来说，小说在向文体结构的"最上乘"大举进军时裹挟了一些边缘文体咸与革命。有一点可以说说的是，以前人们用"文章"这个名目来概括上述形形色色的文体，如今已觉不太合适。至少，古代文论中通常指与韵文、骈文相对的散行文体的"散文"，被提出来作为西方的 Pure prose 的译名，并产生持续相当久的命名之争。周作人呼吁"美文"，王统照倡"纯散文"，胡梦华则称之为"絮语散文"。或者译 Essays 为随笔，或者袭旧名叫作小品，或者干脆合二为一，如郁达夫所说的，"把小品散文或散文小品的四个字连接在一气，以祈这一个名字的颠扑不破，左右逢源"。还有一些新起的名目，如杂文、杂感、随想录、速写、通讯、报告文学等等，归入散文这旗帜之下。命名的困难正说明了散文地位的尴尬。在二十世纪中国文学的发展进程中，它总是夹在中心与边缘、文学与非文学、纯文学与"广义的文学"、雅与俗、传统的复兴与外国的影响、歌颂与暴露等诸种矛盾之间，有时或许真的"左右逢源"，更多的时候是左右为难。在五四新文学运动的最初十年，胡适、鲁迅、周作人、郁达夫等人无不认为比之小说、新诗、戏剧，散文取得的成就最为可观。而可观的原因，却又恰好不是由于他们所极力主张的反传统，而是由于可依恃的传统最为丰厚深沉。可是没过多久，讨论起"中国为什么没有伟大的文学产生"这样的大问题时，鲁迅就不得不起而为杂文和杂文家辩护，争论说，与创作俄国的《战争与和平》这类伟大的作品一样，写杂文也是"严肃的工作"。在鲁迅身后，"重振散文""重振杂文""还是杂文的时代"一类的呼声，其实一直也没有中断过。散文的"散""杂""小""随"等特征，说明了它的不定形、无法规范、兼容并蓄、时时被主流所排斥等等，与其说是必须为之辩护并争一席之地，毋宁说恰恰是散文的优势所在，它借此得以时时质疑主流意识，关注边缘缝隙，关注被历史理性所忽视所压抑的无意识、情趣和兴味，从而可能比小说、诗、戏剧等文体更贴近历史文化主体及其精神世界的真实。

不消说，文体结构的错动只是二十世纪社会文化伦理诸结构大变动中的一个部分。周作人曾认为："小品文是文学发达的极致，他的兴盛必须在王纲解纽的时代。"二十世纪初，随着王权的崩溃，父权夫权亦一齐动摇。五四时期讨论得最多的热门话题，便是"孝"和"节"（"饿死事小，失节事大"的那个"节"）。男女之别不仅在差序尊卑的意义上，还在分类的意义上受到质疑。"我是一个'人'！"女权首先被看作人权的一部分提了出来，幼者与女性一视同仁（人）地被当作"人之子"而不是儿媳或儿媳之夫被置于反抗父权文化的同一条战壕之中。妇女解放始终没有单独地从"人的解放"（随后是社会解放和阶级解放）的大题目中提出来考虑，遂每每被后者所遮掩乃至淹没。如同处于错动的文体秩序中沉浮不定的"散文"，变动的社会结构里，二十世纪的中国女性身处诸种复杂的矛盾之中。一方面，妇女的社会地位确实经历了惊人的变化，并且得到了宪法和法律的确认；另一方面，妇女事实上承受的不平等至今仍随处可见，某些方面甚至愈演愈烈（如长途贩卖妇女）。你会问，社会和阶级的解放能否代替妇女及其女性意识的解放，或者说后者的不如人意正证明了前者的"同志仍须努力"？另一个令人困惑不解的趋向是，到了二十世纪末叶，与欧美的女权主义者正相反，中国的女性似乎更强调"女人是女人"，这一点似乎亦与本世纪初的出发点大异其趣。一个流传颇广的采访或许能说明问题。当一位普通妇女被问到她对"男女平等"的理解时，她说："就是你得干跟男人一样繁重危险的工作，穿一样难看邋遢的衣服，同时在公共汽车上他们不再给你让座，你下班回家照样承包全部家务。"看来，妇女解放不单充满了诗意，也充满了散文性和杂文性。有意思的是，茅盾曾有短篇小说以《诗和散文》为题，描写了本世纪初的新青年新女性的爱情婚姻生活。而丁玲的两篇著名杂文，《我们需要杂文》和《三八节有感》，几乎就发表在同一时期的《解放日报》上。所谓杂文，我想，无非是在看似没有矛盾的地方出其不意地发现矛盾，而这"发现"带有文化的和文学的意味罢了。

　　喜欢处处发现"同构性"的人，倘若生拉硬拽地夸大这里所说的联系，可能不会是明智的。这篇序文只是试图提供一种阅读策略，去看待这本集子中文体方面和论及的话题方面所共有的驳杂不纯性。收入集子中创作时间最早的，是前清进士、后来的北大校长蔡元培先生的一篇未刊文《夫妇公约》，文中表现的"超前意识"几乎与其文体的陈旧一样令人吃惊。鲁迅早年以"道德普遍律"为据写作长篇说理文，在著名演说《娜拉走后怎样》则提及"经济权"的问题，到了后来，就纯粹用数百字的短文向父权文明实施"致命的一击"了。周作人却一直依据人类学、民俗学和性心理学的广博知识来立论，其文体和观点少有变化。继承了"鲁迅风"且在女权问题上倾注了最大战斗激情的是聂绀弩，《"确系处女小学亦可"》一文取材报章，处女膜与文化程度的这种奇怪换算真使人惊愕，至今，在许多"征婚启事"上此类杂文材料并不难找。徐志摩的演说援引了当时的女权主义者先驱、小说家伍尔夫的名作《一间自己的房间》里的许多观点，却无疑作了出自中国浪漫主义男性诗人的阐释和理解。林语堂仿尼采作《萨天师语录》，梁实秋则在他的《雅舍小品》中对男人女人不分轩轾地加以调侃，然而这调侃既出自男人之笔下，"不分轩轾"似不可能。张爱玲的《谈女人》从一本英国书谈起，把英国绅士挖苦女人的那些"警句"也半挖苦地猛抄了一气，最后却点出她心目中最光辉的女性形象——大地母亲的形象。集子中那组由郁达夫、何其芳、陆蠡、孙犁等人撰写的更具抒情性的散文，或谈初恋，或寄哀思，或忆旧情，可能比说理性的散文透露了更多至性至情，其文体和情愫，借用周作人的话来评说：“是那样的旧又那样的新。”新旧杂陈，难以分辨。关于婚姻、夫妇的散文占了相当篇幅，其中有关“结婚典礼”的讨论是最有兴味的，仪式的进行最能透露文化的变迁，二十世纪最典型的“中西合璧”式长演不衰，其中因由颇堪玩味。悼亡的主题本是中国古典散文的擅长，朱自清和孙犁是两位如此不相同的作家，写及同一主题时的那些相似相通之处却发人深思。一本谈“男与女”主题的散文集，出自男士之手的作品竟占了绝大部分，这是编书的人也无可如何的事。幸好有新近的两位女作家，张辛欣和王安忆的大作压轴，一位“站在门外”谈婚姻，一位却娓娓而叙“家务事”，都能透露八十年代的新信息，把话题延续到了眼前目下。

驳杂不纯，散而且杂。苏联批评家巴赫金有所谓“复调”或“众声喧哗”（heteroglossia）理论，用于评价二十世纪中国文学是最为恰当的。就谈论“男与女”的“散文”而言，就更是如此——文体、语言、观念、思想，无不在时空的流动中嬗变、分化、冲突，极为生动，十分有意思。不信，请君开卷，细细读来。

1989年11月于蔚秀园

目　录

我之节烈观

鲁　迅

　　"世道浇漓，人心日下，国将不国"这一类话，本是中国历来的叹声。不过时代不同，则所谓"日下"的事情，也有迁变：从前指的是甲事，现在叹的或是乙事。除了"进呈御览"的东西不敢妄说外，其余的文章议论里，一向就带这口吻。因为如此叹息，不但针砭世人，还可以从"日下"之中，除去自己。所以君子固然相对慨叹，连杀人放火嫖妓骗钱以及一切鬼混的人，也都乘作恶余暇，摇着头说道，"他们人心日下了"。

　　世风人心这件事，不但鼓吹坏事，可以"日下"；即使未曾鼓吹，只是旁观，只是赏玩，只是叹息，也可以叫他"日下"。所以近一年来，居然也有几个不肯徒托空言的人，叹息一番之后，还要想法子来挽救。第一个是康有为，指手画脚的说"虚君共和"才好，陈独秀便斥他不兴；其次是一班灵学派的人，不知何以起了极古奥的思想，要请"孟圣矣乎"的鬼来画策；

陈百年、钱玄同、刘半农又道他胡说。

这几篇驳论，都是《新青年》里最可寒心的文章。时候已是二十世纪了；人类眼前，早已闪出曙光。假如《新青年》里，有一篇和别人辩地球方圆的文字，读者见了，怕一定要发怔。然而现今所辩，正和说地体不方相差无几。将时代和事实，对照起来，怎能不叫人寒心而且害怕？

近来虚君共和是不提了，灵学似乎还在那里捣鬼，此时却又有一群人，不能满足；仍然摇头说道，"人心日下"了。于是又想出一种挽救的方法，他们叫作"表彰节烈"！

这类妙法，自从君政复古时代以来，上上下下，已经提倡多年；此刻不过是竖起旗帜的时候。文章议论里，也照例时常出现，都嚷道"表彰节烈"！要不说这件事，也不能将自己提拔，出于"人心日下"之中。

节烈这两个字，从前也算是男子的美德，所以有过"节士""烈士"的名称。然而现在的"表彰节烈"，却是专指女子，并无男子在内。据时下道德家的意见，来定界说，大约节是丈夫死了，决不再嫁，也不私奔，丈夫死得愈早，家里愈穷，他便节得愈好。烈可是有两种：一种是无论已嫁未嫁，只要丈夫死了，他也跟着自尽；一种是有强暴来污辱他的时候，设法自戕，或者抗拒被杀，都无不可。这也是死得愈惨愈苦，他便烈得愈好，倘若不及抵御，竟受了污辱，然后自戕，便免不了议论。万一幸而遇着宽厚的道德家，有时也可以略迹原情，许他一个烈字。可是文人学士，已经不甚愿意替他作传；就令勉强动笔，临了也不免加上几个"惜夫惜夫"了。

总而言之：女子死了丈夫，便守着，或者死掉；遇了强暴，便死掉；将这类人物，称赞一通，世道人心便好，中国便得救了。大意只是如此。

康有为借重皇帝的虚名，灵学家全靠着鬼话。这表彰节烈，却是全权都在人民，大有渐进自力之意了。然而我仍有几个疑问，须得提出。还要据我的意见，给他解答。我又认定这节烈救世说，是多数国民的意思；主张的人，只是喉舌。虽然是他发声，却和四支五官神经内脏，都有关系。所以我这疑问和解答，便是提出于这群多数国民之前。

首先的疑问是：不节烈（中国称不守节作"失节"，不烈却并无成语，所以只能合称他"不节烈"）的女子如何害了国家？照现在的情形，"国将不国"，自不消说：丧尽良心的事故，层出不穷；刀兵盗贼水旱饥荒，又接连而起。但此等现象，只是不讲新道德新学问的缘故，行为思想，全钞旧帐；所以种种黑暗，竟和古代的乱世仿佛，况且政界、军界、学界、商界等等里面，全是男人；并无不节烈的女子夹杂在内。也未必是有权力的男子，因为受了他们蛊惑，这才丧了良心，放手作恶。至于水旱饥荒，便是专拜龙神，迎大王，滥伐森林，不修水利的祸祟，没有新知识的结果；更与女子无关。只有刀兵盗贼，往往造出许多不节烈的妇女。但也是兵盗在先，不节烈在后，并非因为他们不节烈了，才将刀兵盗贼招来。

其次的疑问是：何以救世的责任，全在女子？照着旧派说起来，女子是"阴类"，是主内的，是男子的附属品。然则治世救国，正须责成阳类，全仗外子，偏劳主体。决不能将一个绝大题目，都阁在阴类肩上。倘依新说，则男女平等，义务略同。纵令该担责任，也只得分担。其余的一半男子，都该各尽义务。不特须除去强暴，还应发挥他自己的美德。不能专靠惩劝女子，便算尽了天职。

其次的疑问是：表彰之后，有何效果？据节烈为本，将所有活着的女子，分类起来，大约不外三种：一种是已经守节，应该表彰的人（烈者非死不可，所以除出）；一种是不节烈的人；一种是尚未出嫁，或丈夫还在，又未遇见强暴，节烈与否未可知的人。第一种已经很好，正蒙表彰，不必说了。第二种已经不好，中国从来不许忏悔，女子做事一错，补过无及，只好任其羞杀，也不值得说了。最要紧的，只在第三种，现在一经感化，他们便都打定主意道："倘若将来丈夫死了，决不再嫁；遇着强暴，赶紧自裁！"试问如此立意，与中国男子做主的世道人心，有何关系？这个缘故，已在上文说明。更有附带的疑问是：节烈的人，既经表彰，自是品格最高。但圣贤虽人人可学，此事却有所不能。假如第三种的人，虽然立志极高，万一丈夫长寿，天下太平，他便只好饮恨吞声，做一世次等的人物。

以上是单依旧日的常识，略加研究，便已发现了许多矛盾。

若略带二十世纪气息，便又有两层：

一问节烈是否道德？道德这事，必须普遍，人人应做，人人能行，又于自他两利，才有存在的价值。现在所谓节烈，不特除开男子，绝不相干；就是女子，也不能全体都遇着这名誉的机会。所以决不能认为道德，当作法式。上回《新青年》登出的《贞操论》里，已经说过理由。不过贞是丈夫还在，节是男子已死的区别，道理却可类推。只有烈的一件事，尤为奇怪，还须略加研究。

照上文的节烈分类法看来，烈的第一种，其实也只是守节，不过生死不同。因为道德家分类，根据全在死活，所以归入烈类。性质全异的，便是第二种。这类人不过一个弱者（现在的情形，女子还是弱者），突然遇着男性的暴徒，父兄丈夫力不能救，左邻右舍也不帮忙，于是他就死了；或者竟受了辱，仍然死了；或者终于没有死。久而久之，父兄丈夫邻舍，夹着文人学士以及道德家，便渐渐聚集，既不羞自己怯弱无能，也不提暴徒如何惩办，只是七口八嘴，议论他死了没有？受污没有？死了如何好，活着如何不好。于是造出了许多光荣的烈女，和许多被人口诛笔伐的不烈女。只要平心一想，便觉不像人间应有的事情，何况说是道德。

二问多妻主义的男子，有无表彰节烈的资格？替以前的道德家说话，一定是理应表彰。因为凡是男子，便有点与众不同，社会上只配有他的意思。一面又靠着阴阳内外的古典，在女子面前逞能。然而一到现在，人类的眼里，不免见到光明，晓得阴阳内外之说，荒谬绝伦；就令如此，也证不出阳比阴尊贵，外比内崇高的道理。况且社会国家，又非单是男子造成。所以只好相信真理，说是一律平等。既然平等，男女便都有一律应守的契约。男子决不能将自己不守的事，向女子特别要求。若是买卖欺骗贡献的婚姻，则要求生时的贞操，尚且毫无理由。何况多妻主义的男子，来表彰女子的节烈。

以上，疑问和解答都完了。理由如此支离，何以直到现今，居然还能存在？要对付这问题，须先看节烈这事，何以发生，何以通行，何以不生改革的缘故。

古代的社会，女子多当作男人的物品。或杀或吃，都无不可；男人死后，和他喜欢的宝贝，日用的兵器，一同殉葬，更无不可。后来殉葬的风气，渐渐改了，守节便也渐渐发生。但大抵因为寡妇是鬼妻，亡魂跟着，所以无人敢娶，并非要他不事二夫。这样风俗，现在的蛮人社会里还有。中国太古的情形，现在已无从详考。但看周末虽有殉葬，并非专用女人，嫁否也任便，并无什么裁制，便可知道脱离了这宗习俗，为日已久。由汉至唐也并没有鼓吹节烈。直到宋朝，那一班"业儒"的才说出"饿死事小失节事大"的话，看见历史上"重适"①两个字，便大惊小怪起来。出于真心，还是故意，现在却无从推测。其

---

① "重适"即再嫁。

时也正是"人心日下，国将不国"的时候，全国士民，多不像样。或者"业儒"的人，想借女人守节的话，来鞭策男子，也不一定。但旁敲侧击，方法本嫌鬼祟，其意也太难分明，后来因此多了几个节妇，虽未可知，然而吏民将卒，却仍然无所感动。于是"开化最早，道德第一"的中国终于归了"长生天气力里大福荫护助里"的什么"薛禅皇帝，完泽笃皇帝，曲律皇帝^①"了。此后皇帝换过了几家，守节思想倒反发达。皇帝要臣子尽忠，男人便愈要女人守节。到了清朝，儒者真是愈加利害。看见唐人文章里有公主改嫁的话，也不免勃然大怒道，"这是什么事！你竟不为尊者讳，这还了得！"假使这唐人还活着，一定要斥革功名，"以正人心而端风俗"了。

国民将到被征服的地位，守节盛了；烈女也从此着重。因为女子既是男子所有，自己死了，不该嫁人，自己活着，自然更不许被夺。然而自己是被征服的国民，没有力量保护，没有勇气反抗了，只好别出心裁，鼓吹女人自杀。或者妻女极多的阔人，婢妾成行的富翁，乱离时候，照顾不到，一遇"逆兵"（或

<hr>

① "长生天气力里大福荫护助里"是元代白话文，当时皇帝在谕旨前必用此语，"上天眷命"的意思；有时只用"长生天气力里"，即"上天"的意思。元朝皇帝都有蒙古语的称号："薛禅"是元世祖忽必烈的称号，"聪明天纵"的意思；"完泽笃"是元成宗铁穆耳的称号，"有寿"的意思；"曲律"是元武宗海山的称号，"杰出"的意思。

是"天兵"），就无法可想。只得救了自己，请别人都做烈女；变成烈女，"逆兵"便不要了。他便待事定以后，慢慢回来，称赞几句。好在男子再娶，又是天经地义，别讨女人，便都完事。因此世上遂有了"双烈合传""七姬墓志"，甚而至于钱谦益的集中，也布满了"赵节妇""钱烈女"的传记和歌颂。

只有自己不顾别人的民情，又是女应守节男子却可多妻的社会，造出如此畸形道德，而且日见精密苛酷，本也毫不足怪。但主张的是男子，上当的是女子。女子本身，何以毫无异言呢？原来"妇者服也"，理应服事于人。教育固可不必，连开口也都犯法。他的精神，也同他体质一样，成了畸形。所以对于这畸形道德，实在无甚意见。就令有了异议，也没有发表的机会。做几首"闺中望月""园里看花"的诗，尚且怕男子骂他怀春，何况竟敢破坏这"天地间的正气"？只有说部书上，记载过几个女人，因为境遇上不愿守节，据做书的人说：可是他再嫁以后，便被前夫的鬼捉去，落了地狱；或者世人个个唾骂，做了乞丐，也竟求乞无门，终于惨苦不堪而死了！

如此情形，女子便非"服也"不可。然而男子一面，何以也不主张真理，只是一味敷衍呢？汉朝以后，言论的机关，都被"业儒"的垄断了。宋元以来，尤其利害。我们几乎看不见一部非业儒的书，听不到一句非士人的话。除了和尚道士，奉旨可以说话的以外，其余"异端"的声音，决不能出他卧房一步。况且世人大抵受了"儒者柔也"的影响；不述而作，最为犯忌。即使有人见到，也不肯用性命来换真理。即如失节一事，岂不知道必须男女两性，才能实现。他却专责女性；至于破人节操的男子，以及造成不烈的暴徒，便都含糊过去。男子究竟较女性难惹，惩罚也比表彰为难。其间虽有过几个男人，实觉于心不安，说些室女不应守志殉死的平和话，可是社会不听；再说下去，便要不容，与失节的女人一样看待。他便也只好变了"柔也"，不再开口了。所以节烈这事，到现在不生变革。

（此时，我应声明：现在鼓吹节烈派的里面，我颇有知道的人。敢说确有好人在内，居心也好。可是救世的方法是不对，要向西走了北了。但也不能因为他是好人，便竟能从正西直走到北。所以我又愿他回转身来。）

其次还有疑问：

节烈难么？答道，很难。男子都知道极难，所以要表彰他。社会的公意，向来以为贞淫与否，全在女性。男子虽然诱惑了女人，却不负责任。譬如甲男引诱乙女，乙女不允，便是贞节，死了，便是烈；甲男并无恶名，社会可算淳古。倘若乙女允了，便是失节；甲男也无恶名，可是世风被乙女败坏了！别的事情，也是如此。所以历史上亡国败家的原因，每每归咎女子。糊糊涂涂的代担全体的罪恶，已经三千多年了。男子既然不负责任，又不能自己反省，自然放心诱惑；文人著作，反将他传为美谈。所以女子身旁，几乎布满了危险。除却他自己的父兄丈夫以外，便都带点诱惑的鬼气。所以我说很难。

节烈苦么？答道，很苦。男子都知道很苦，所以要表彰他。凡人都想活；烈是必死，不必说了。节妇还要活着。精神上的惨苦，也姑且弗论。单是生活一层，已是大宗的痛楚。假使女子生计已能独立，社会也知道互助，一人还可勉强生存。不幸中国情形，却正相反。所以有钱尚可，贫人便只能饿死。直到饿死以后，间或得了旌表，还要写入志书。所以各府各县志书传记类的末尾，也总有几卷"烈女"。一行一人，或是一行两人，赵钱孙李，可是从来无人翻读。就是一生崇拜节烈的道德大家，若问他贵县志书里烈女门的前十名是谁？也怕不能说出。其实他是生前死后，竟与社会漠不相关的。所以我说很苦。

照这样说，不节烈便不苦么？答道，也很苦。社会公意，不节烈的女人，既然是下品；他在这社会里，是容不住的。社会上多数古人模模糊糊传下来的道理，实在无理可讲；能用历史和数目的力量，挤死不合意的人。这一类无主名无意识的杀人团里，古来不晓得死了多少人物；节烈的女子，也就死在这里。不过他死后间有一回表彰，写入志书。不节烈的人，便生前也要受随便什么人的唾骂，无主名的虐待。所以我说也很苦。

女子自己愿意节烈么？答道，不愿。人类总有一种理想，一种希望。虽然高下不同，必须有个意义。自他两利固好，至少也得有益本身。节烈很难很苦，既不利人，又不利己。说是本人愿意，实在不合人情。所以假如遇着少年女人，诚心祝赞他将来节烈，一定发怒；或者还要受他父兄丈夫的尊拳。然而仍旧牢不可破，便是被这历史和数目的力量挤着。可是无论何人，都怕这节烈。怕他竟钉到自己和亲骨肉的身上。所以我说不愿。

我依据以上的事实和理由，要断定节烈这事是：极难，极苦，不愿身受，然而不利自他，无益社会国家，于人生将来又毫无意义的行为，现在已经失了存在的生命和价值。

临了还有一层疑问：

节烈这事，现代既然失了存在的生命和价值；节烈的女人，岂非白苦一番么？

可以答他说：还有哀悼的价值。他们是可怜人；不幸上了历史和数目的无意识的圈套，做了无主名的牺牲。可以开一个追悼大会。

我们追悼了过去的人，还要发愿：要自己和别人，都纯洁聪明勇猛向上。要除去虚伪的脸谱。要除去世上害己害人的昏迷和强暴。

我们追悼了过去的人，还要发愿：要除去于人生毫无意义的苦痛。要除去制造并赏玩别人苦痛的昏迷和强暴。

我们还要发愿：要人类都受正当的幸福。

一九一八年七月

（选自《鲁迅全集》第1卷，人民文学出版社，1981年版）

娜拉走后怎样

——一九二三年十二月二十六日在北京女子高等师范学校文艺会讲

鲁　迅

我今天要讲的是"娜拉走后怎样？"

伊孛生是十九世纪后半的瑙威的一个文人。他的著作，除了几十首诗之外，其余都是剧本。这些剧本里面，有一时期是大抵含有社会问题的，世间也称作"社会剧"，其中有一篇就是《娜拉》。

《娜拉》一名 Ein Puppenheim，中国译作《傀儡家庭》。但 Puppe 不单是牵线的傀儡，孩子抱着玩的人形①也是；引申开去，别人怎么指挥，他便怎么做的人也是。娜拉当初是满足地生活在所谓幸福的家庭里的，但是她竟觉悟了：自己是丈夫的傀儡，

———————————

① 日语，即人形的玩具。

孩子们又是她的傀儡。她于是走了，只听得关门声，接着就是闭幕。这想来大家都知道，不必细说了。

娜拉要怎样才不走呢？或者说伊孛生自己有解答，就是Die Frau Vom Meer，《海的女人》，中国有人译作《海上夫人》的。这女人是已经结婚的了，然而先前有一个爱人在海的彼岸，一日突然寻来，叫她一同去。她便告知她的丈夫，要和那外来人会面。临末，她的丈夫说，"现在放你完全自由。（走与不走）你能够自己选择，并且还要自己负责任。"于是什么事全都改变，她就不走了。这样看来，娜拉倘也得到这样的自由，或者也便可以安住。

但娜拉毕竟是走了的。走了以后怎样？伊孛生并无解答；而且他已经死了。即使不死，他也不负解答的责任。因为伊孛生是在做诗，不是为社会提出问题来而且代为解答。就如黄莺一样，因为他自己要歌唱，所以他歌唱，不是要唱给人们听得有趣，有益。伊孛生是很不通世故的，相传在许多妇女们一同招待他的筵宴上，代表者起来致谢他作了《傀儡家庭》，将女性的自觉，解放这些事，给人心以新的启示的时候，他却答道，"我写那篇却并不是这意思，我不过是做诗。"

娜拉走后怎样？——别人可是也发表过意见的。一个英国人曾作一篇戏剧，说一个新式的女子走出家庭，再也没有路走，终于堕落，进了妓院了。还有一个中国人，——我称他什么呢？上海的文学家罢，——说他所见的《娜拉》是和现译本不同，娜拉终于回来了。这样的本子可惜没有第二人看见，除非是伊孛生自己寄给他的。但从事理上推想起来，娜拉或者也实在只是两条路：不是堕落，就是回来。因为如果是一匹小鸟，则笼子里固然不自由，而一出笼门，外面便又有鹰，有猫，以及别的什么东西之类；倘使已经关得麻痹了翅子，忘却了飞翔，也诚然是无路可以走。还有一条，就是饿死了，但饿死已经离开了生活，更无所谓问题，所以也不是什么路。

人生最苦痛的是梦醒了无路可以走。做梦的人是幸福的；倘没有看出可走的路，最要紧的是不要去惊醒他。你看，唐朝的诗人李贺，不是困顿了一世的么？而他临死的时候，却对他的母亲说，"阿妈，上帝造成了白玉楼，叫我做文章落成去了。"这岂非明明是一个诳，一个梦？然而一个小的和一个老的，一个死的和一个活的，死的高兴地死去，活的放心地活着。说诳和做梦，在这些时候便见得伟大。所以我想，假使寻不出路，我们所要的倒是梦。

但是，万不可做将来的梦。阿尔志跋绥夫曾经借了他所做的小说，质问过梦想将来的黄金世界的理想家，因为要造那世界，先唤起许多人们来受苦。他说，"你们将黄金世界预约给他们的子孙了，可是有什么给他们自己呢？"有是有的，就是将来的希望。但代价也太大了，为了这希望，要使人练敏了感觉来更深切地感到自己的苦痛，叫起灵魂来目睹他自己的腐烂的尸骸。惟有说诳和做梦，这些时候便见得伟大。所以我想，假使寻不出路，我们所要的就是梦；但不要将来的梦，只要目前的梦。

然而娜拉既然醒了，是很不容易回到梦境的，因此只得走；可是走了以后，有时却也免不掉堕落或回来。否则，就得问：她除了觉醒的心以外，还带了什么去？倘只有一条像诸君一样的紫红的绒绳的围巾，那可是无论宽到二尺或三尺，也完全是不中用。她还须更富有，提包里有准备，直白地说，就是要有钱。

梦是好的；否则，钱是要紧的。

钱这个字很难听，或者要被高尚的君子们所非笑，但我总觉得人们的议论是不但昨天和今天，即使饭前和饭后，也往往有些差别。凡承认饭需钱买，而以说钱为卑鄙者，倘能按一按他的胃，那里面怕总还有鱼肉没有消化完，须得饿他一天之后，再来听他发议论。

所以为娜拉计，钱，——高雅的说罢，就是经济，是最要紧的了。自由固不是钱所能买到的，但能够为钱而卖掉。人类有一个大缺点，就是常常要饥饿。为补救这缺点起见，为准备不做傀儡起见，在目下的社会里，经济权就见得最要紧了。第一，在家应该先获得男女平均的分配；第二，在社会应该获得男女相等的势力。可惜我不知道这权柄如何取得，单知道仍然要战斗；或者也许比要求参政权更要用剧烈的战斗。

要求经济权固然是很平凡的事，然而也许比要求高尚的参政权以及博大的女子解放之类更烦难。天下事尽有小作为比大作为更烦难的。譬如现在似的冬天，我们只有这一件棉袄，然而必须救助一个将要冻死的苦人，否则便须坐在菩提树下冥想普度一切人类的方法去。普度一切人类和救活一人，大小实在相去太远了，然而倘叫我挑选，我就立刻到菩提树下去坐着，因为免得脱下唯一的棉袄来冻杀自己。所以在家里说要参政权，是不至于大遭反对的，一说到经济的平匀分配，或不免面前就遇见敌人，这就当然要有剧烈的战斗。

战斗不算好事情，我们也不能责成人人都是战士，那么，平和的方法也就可贵了，这就是将来利用了亲权来解放自己的子女。中国的亲权是无上的，那时候，就可以将财产平匀地分配子女们，使他们平和而没有冲突地都得到相等的经济权，此后或者去读书，或者去生发，或者为自己去享用，或者为社会去做事，或者去花完，都请便，自己负责任。这虽然也是颇远的梦，可是比黄金世界的梦近得不少了。但第一需要记性。记性不佳，是有益于己而有害于子孙的。人们因为能忘却，所以自己能渐渐地脱离了受过的苦痛，也因为能忘却，所以往往照样地再犯前人的错误。被虐待的儿媳做了婆婆，仍然虐待儿媳；嫌恶学生的官吏，每是先前痛骂官吏的学生；现在压迫子女的，有时也就是十年前的家庭革命者。这也许与年龄和地位都有关系罢，但记性不佳也是一个很大的原因。救济法就是各人去买一本 note-book 来，将自己现在的思想举动都记上，作为将来年龄和地位都改变了之后的参考。假如憎恶孩子要到公园去的时候，取来一翻，看见上面有一条道，"我想到中央公园去"，那就即刻心平气和了。别的事也一样。

世间有一种无赖精神，那要义就是韧性。听说拳匪乱后，天津的青皮，就是所谓无赖者很跋扈，譬如给人搬一件行李，他就要两元，对他说这行李小，他说要两元，对他说道路近，他说要两元，对他说不要搬了，他说也仍然要两元。青皮固然是不足为法的，而那韧性却大可以佩服。要求经济权也一样，有人说这事情太陈腐了，就答道要经济权；说是太卑鄙了，就答道要经济权；说是经济制度就要改变了，用不着再操心，也仍然答道要经济权。

其实，在现在，一个娜拉的出走，或者也许不至于感到困难的，因为这人物很特别，举动也新鲜，能得到若干人们的同情，帮助着生活。生活在人们的同情之下，已经是不自由了，然而倘有一百个娜拉出走，便连同情也减少，有一千一万个出走，就得到厌恶了，断不如自己握着经济权之为可靠。

在经济方面得到自由，就不是傀儡了么？也还是傀儡。无非被人所牵的事可以减少，而自己能牵的傀儡可以增多罢了。因为在现在的社会里，不但女人常作男人的傀儡，就是男人和男人，女人和女人，也相互地作傀儡，男人也常作女人的傀儡，这决不是几个女人取得经济权所能救的。但人不能饿着静候理想世界的到来，至少也得留一点残喘，正如涸辙之鲋，急谋升斗之水一样，就要这较为切近的经济权，一面再想别的法。

如果经济制度竟改革了，那上文当然完全是废话。

然而上文，是又将娜拉当作一个普通的人物而说的，假使她很特别，自己情愿闯出去做牺牲，那就又另是一回事。我们无权去劝诱人做牺牲，也无权去阻止人做牺牲。况且世上也尽有乐于牺牲，乐于受苦的人物。欧洲有一个传说，耶稣去钉十字架时，休息在 Ahasvar^① 的檐下，Ahasvar 不准他，于是被了咒诅，使他永世不得休息，直到末日裁判的时候。Ahasvar 从此就歇不下，只是走，现在还在走。走是苦的，安息是乐的，他何以不安息呢？虽说背着咒诅，可是大约总该是觉得走比安息还适意，所以始终狂走的罢。

只是这牺牲的适意是属于自己的，与志士们之所谓为社会者无涉。群众，——尤其是中国的，——永远是戏剧的看客。牺牲上场，如果显得慷慨，他们就看了悲壮剧；如果显得觳觫，他们就看了滑稽剧。北京的羊肉铺前常有几个人张着嘴看剥羊，仿佛颇愉快，人的牺牲能给与他们的益处，也不过如此。而况事后走不几步，他们并这一点愉快也就忘却了。

对于这样的群众没有法，只好使他们无戏可看倒是疗救，正无需乎震骇一时的牺牲，不如深沉的韧性的战斗。

---

① Ahasvar，阿哈斯瓦尔，欧洲传说中的一个补鞋匠，被称为"流浪的犹太人"。

可惜中国太难改变了，即使搬动一张桌子，改装一个火炉，几乎也要血；而且即使有了血，也未必一定能搬动，能改装。不是很大的鞭子打在背上，中国自己是不肯动弹的。我想这鞭子总要来，好坏是别一问题，然而总要打到的。但是从那里来，怎么地来，我也是不能确切地知道。

　　我这讲演也就此完结了。

（选自《鲁迅全集》第1卷，人民文学出版社，1981年版）

狗抓地毯

周作人

　　美国人摩耳（J.H.Moore）给某学校讲伦理学，首五讲是说动物与人之"蛮性的遗留"（Survival of Savage）的，经英国的唯理协会拿来单行出版，是一部很有趣味与实益的书。他将历来宗教家道德家聚讼不决的人间罪恶问题都归诸蛮性的遗留，以为只要知道狗抓地毯，便可了解一切。我家没有地毯，已故的老狗 Ess 是古稀年纪了，也没力气抓，但夏天寄住过的客犬 Bona 与 Petty 却真是每天咕哩咕哩地抓砖地，有些狗临睡还要打许多圈：这为什么缘故呢？据摩耳说，因为狗是狼变成的，在做狼的时候，不但没有地毯，连砖地都没得睡，终日奔走觅食，倦了随地卧倒，但是山林中都是杂草，非先把它搔爬践踏过不能睡上去；到了现在，有现成的地方可以高卧，用不着再操心了，但是老脾气还要发露出来，做那无聊的动作。在人间也有许多野蛮（或者还是禽兽）时代的习性留存着，本是已经无用或反而有害的东西了，唯有时仍要发动，于是成为罪恶，以及别的种种荒谬迷信的恶习。

　　这话的确是不错的。我看普通社会上对于事不干己的恋爱事件都抱有一种猛烈的憎恨，也正是蛮性的遗留之一证。这几天是冬季的创造期，正如小孩们所说门外的"狗也正在打仗"，我们家里的青儿大抵拖着尾巴回来，他的背上还负着好些的伤，都是先辈所给的惩创。人们同情于失恋者，或者可以说是出于扶弱的"义侠心"，至于憎恨得恋者的动机却没有这样正大堂皇，实在只是一种咬青儿的背脊的变相，实行禁欲的或放纵的生活的人特别要干涉"风化"，便是这个缘由了。

　　还有一层，野蛮人都有生殖崇拜的思想，这本来也没有什么可笑，只是他们把性的现象看得太神奇了，便生出许多古怪的风俗。莪来则博士的《金枝》(J. G. Frazer, The Golden Bough——我所有只是一卷的节本。据五六年前的《东方杂志》说，这乃是二千年前希腊的古书，现在已经散逸云！)上讲过"种植上之性的影响"很是详细。(在所著 Psyche's Task 中亦举例甚多。)野蛮人觉得植物的生育的手续与人类的相同，所以相信用了性行为的仪式可以促进稻麦果实的繁衍。这种实例很多，在爪哇还是如此，欧洲现在当然找不到同样的习惯了，但遗迹也还存在，如德国某地秋收的时候，割稻的男妇要同在地上打几个滚，即其一例。两性关系既有这样伟大的感应力，可以催迫动植的长养，一面也就能够妨害或阻止自然的进行，所以有些部落那时又特别厉行禁欲，以为否则将使诸果不实，百草不长。社会反对别人的恋爱事件，即是这种思想的重现。虽然我们看出其中含有动物性的嫉妒，但还以对于性的迷信为重要分子，他们非意识地相信两性关系有左右天行的神力，非常习的恋爱必将引起社会的灾祸，殃及全群（现代语谓之败坏风化），事关身命，所以才有那样猛烈的憎恨。我们查看社会对于常习的结婚的态度，更可以明了上文所说的非谬。普通人对于性的问题都怀着不洁的观念，持斋修道的人更避忌新婚生产等的地方，以免触秽：大家知道，宗教上的污秽其实是神圣的一面，多岛海的不可译的术语"太步"（Tabu）一语，即表示此中的消息。因其含有神圣的法力，足以损害不能承受的人物，这才把他隔离，无论他是帝王，法师，或成年的女子，以免危险，或称之曰污秽，污秽神圣实是一物，或可统称为危险的力。社会喜欢管闲事，而于两性关系为最严厉，这是什么缘故呢？我们从蛮性的遗留上着眼，可以看出一部分出于动物求偶的本能，一部分出于野蛮人对于性的危险力的迷信。这种老祖宗的遗产，我们各人分有一份，很不容易出脱，但是借了科学的力量，知道一点实在情形，使理智可以随时自加警戒，当然有点好处。道德进步，并不靠迷信之加多而在于理性之清明。我们希望中国性道德的整饬，也就不希望训条的增加，只希望知识的解放与趣味的修养。科学之光与艺术之空气，几时才能侵入青年的心里，造成一种新的两性观念呢？我们鉴于所谓西方文明国的大势，若不是自信本国得天独厚，一时似乎没有什么希望，然而说也不能不姑且说说耳。

十三年十二月

（选自《雨天的书》，岳麓书社，1987年版）

读《性的崇拜》

周作人

性的崇拜之研究给我们的好处平常有两种。其一是说明宗教的起源，生物最大的问题是自己以及种族之保存，这种本能在原始时代便猛烈地表现在宗教上，而以性之具体或抽象的崇拜为中心，逐渐变化而成为各时代的宗教。普通讲性的崇拜的书大抵都注重这一点，但它有更重大的第二种好处，这便是间接地使我们知道在一切文化上性的意义是如何重要。性的迷信造成那种庄严的崇拜，也就是这性的迷信造成现在还存留着的凶狠的礼教，把女子看作天使或是恶魔都是一种感情的作用，我们只要了解性的崇拜的意思，自可举一反三，明了礼法之萨满教的本义了。我们宗教学的门外汉对于性的崇拜之研究觉得有趣味，有实益，可以介绍的理由，差不多就在这一点上。

张东民先生的《性的崇拜》读过一遍，觉得颇有意思。我尝想这种著作最好是译述，即如我从前看过的芝加哥医学书局出版诃华德所著的一本，虽然是三十年前的旧作，倒很是简要可读。张先生的书中第三四五这三章声明是取材于瓦尔的著作，材料颇富，但是首尾两篇里的议论有些还可斟酌，未免是美中不足。如第五页上说，"所以古人有言道：'人之初，性本善。'这明明是说人在原初的时代，对于性之种种，本皆以为善良的。"著者虽在下文力说性质性情都脱不了性的现象之关系，以为这性字就是性交之性，其实这很明了地是不对的：我们姑且不论两性字样是从日本来的新名词，严几道的《英文汉诂》上还称曰男体女体，即使是宋代已有这用法，我们也决不能相信那《三字经》的著者会有卢梭似的思想。这样的解释法，正如梁任公改点《论语》，把那两句非民治思想的话点为"民可，使由之；不可，使知之"，未始不很新颖，但去事实却仍是很远的了。又第六十四页上有这一节话：

"唯自然之律，古今一样，他们既滥用了性交的行为，自该受相当的惩罚，于是疾病流行了，罪恶产生了。为防弊杜乱起见，一辈强有力者便宣布了种种禁令：'不许奸淫'，'不许偷盗'，不许这样，不许那样，……而从这些消极的禁令式的规条中，伦理和道德等制度便渐渐演成了。"

关于这种制度的演成，我因为不很知道不能批评，但两性关系上的有些限制我却相信未必是这样演成的，这与其说因了"滥用"性的崇拜而发生，还不如说是根据性的崇拜之道理而造成的较为适合。我们对于性的崇拜常有一种误解，以为这崇拜与后代的宗教礼拜相差不远，其实很不一样。佛洛伊德在《图腾与太步》(勉强意译为族徽与禁制)中说及太步的意义，谓现代文明国人已没有这个观念，只有罗马的 Sacer 与希腊的 Hagios 二字略可比拟，这都训作神圣，但在原始时代这又兼有不净义，二者混在一处不可分开，大约与现代"危险"的观念有点相像，北京电杆上曾有一种揭示，文曰"摸一下可就死了！"这稍有点儿太步的意味？性的崇拜也就这么一件东西。因为它是如此神异的，所以有不可思议的功用与影响，"马蹄铁"可以辟邪，行经的妇人也就会使酒变酸；夫妇宿田间能使五谷繁茂，男女野合也就要使年成歉收：这道理原是一贯的，虽然结果好坏不同。我说"不许奸淫"不是禁止滥用性的崇拜，乃是适用性的崇拜之原理而制定的，即是为此。我们希望于性的崇拜之研究以外，还有讲性道德与婚姻制度的变迁的历史等书出来，但我也希望这是以译述为宜。又德人 H. Fehlinger 的小册《原始民族的性生活》等亦甚有益，很有可以使我们的道学家反省的地方。

一九二七年八月

(选自《谈龙集》，开明书局，1927年版)

女人

朱自清

　　白水是个老实人，又是个有趣的人。他能在谈天的时候，滔滔不绝地发出长篇大论。这回听勉子说，日本某杂志上有《女？》一文，是几个文人以"女"为题的桌话的纪录。他说："这倒有趣，我们何不也来一下？"我们说："你先来！"他搔了搔头发道："好！就是我先来；你们可别临阵脱逃才好。"我们知道他照例是开口不能自休的。果然，一番话费了这多时候，以致别人只有补充的工夫，没有自叙的余裕。那时我被指定为临时书记，曾将桌上所说，拉杂写下。现在整理出来，便是以下一文。因为十之八是白水的意见，便用了第一人称，作为他自述的模样；我想，白水大概不至于不承认吧？

　　老实说，我是个欢喜女人的人；从国民学校时代直到现在，我总一贯地欢喜着女人。虽然不曾受着什么"女难"，而女人的力量，我确是常常领略到的。女人就是磁石，我就是一块软铁；

为了一个虚构的或实际的女人，呆呆地想了一两点钟，乃至想了一两个星期，真有不知肉味光景——这种事是屡屡有的。在路上走，远远的有女人来了，我的眼睛便像蜜蜂们嗅着花香一般，直攒过去。但是我很知足，普通的女人，大概看一两眼也就够了，至多再掉一回头。像我的一位同学那样，遇见了异性，就立正——向左或向右转，仔细用他那两只近视眼，从眼镜下面紧紧追出去半日，然后看不见，然后开步走——我是用不着的。我们地方有句土话说："乖子望一眼，呆子望到晚。"我大约总在"乖子"一边了。我到无论什么地方，第一总是用我的眼睛去寻找女人。在火车里，我必走遍几辆车去发现女人；在轮船里，我必走遍全船去发现女人。我若找不到女人时，我便逛游戏场去，赶庙会去，——我大胆地加一句——参观女学校去；这些都是女人多的地方。于是我的眼睛更忙了！我拖着两只脚跟着她们走，往往直到疲倦为止。

我所追寻的女人是什么呢？我所发现的女人是什么呢？这是艺术的女人。从前人将女人比做花，比做鸟，比做羔羊；他们只是说，女人是自然手里创造出来的艺术，使人们欢喜赞叹——正如艺术的儿童是自然的创作，使人们欢喜赞叹一样。不独男人欢喜赞叹，女人也欢喜赞叹；而"妒"便是欢喜赞叹的另一面，正如"爱"是欢喜赞叹的一面一样。受欢喜赞叹的，又不独是女人，男人也有。"此柳风流可爱，似张绪当年"，便是好例；而"美丰仪"一语，尤为"史不绝书"。但男人的艺术气分，似乎总要少些：贾宝玉说得好：男人的骨头是泥做的，女人的骨头是水做的。这是天命呢？还是人事呢？我现在还不得而知；只觉得事实是如此罢了。——你看，目下学绘画的"人体习作"的时候，谁不用了女人做他的模特儿呢？这不是因为女人的曲线更为可爱么？我们说，自有历史以来，女人是比男人更其艺术的，这句话总该不会错吧？所以我说，艺术的女人。所谓艺术的女人，有三种意思：是女人中最为艺术的，是女人的艺术的一面，是我们以艺术的眼去看女人。我说女人比男人更其艺术的，是一般的说法；说女人中最为艺术的，是个别的说法。——而"艺术"一词，我用它的狭义，专指眼睛的艺术而言，与绘画，雕刻，跳舞同其范类。艺术的女人便是有着美好的颜色和轮廓和动作的女人，便是她的容貌，身材，姿态，使我们看了感到"自己圆满"的女人。这里有一块天然的界碑，我所说的只是处女，少妇，中年妇人，那些老太太们，为她们的年岁所侵蚀，已上了凋零与枯萎的路途，在这一件上，已是落伍者了。女人的圆满相，只是她的"人的诸相"之一；她可以有大才能，大智慧，大仁慈，大勇毅，大贞洁等等，但都无碍于这一相。诸相可以帮助这一相，使其更臻于充实；这一相也可帮助诸相，分其圆满于它们，有时更能遮盖它们的缺处。我们之看女人，若被她的圆满相所吸引，便会不顾自己，不顾她的一切，而只陶醉于其中；这个陶醉是刹那的，无关心的，而且在沉默之中的。

我们之看女人，是欢喜而决不是恋爱。恋爱是全般的，欢喜是部分的。恋爱是整个"自我"与整个"自我"的融合，故坚深而久长；欢喜是"自我"间断片的融合，故轻浅而飘忽。这两者都是生命的趣味，生命的姿态。但恋爱是对人的，欢喜却兼人与物而言。——此外本还有"仁爱"，便是"民胞物与"之怀；再进一步，"天地与我并生，万物与我为一"，便是"神爱""大爱"了。这种无分物我的爱，非我所要论；但在此又须立一界碑，凡伟大庄严之象，无论属人属物，足以吸引人心者，必为这种爱；而优美艳丽的光景则始在"欢喜"的阈中。至于恋爱，以人格的吸引为骨子，有极强的占有性，又与二者不同。Y君以人与物平分恋爱与欢喜，以为"喜"仅属物，"爱"乃属人；若对人言"喜"，便是蔑视他的人格了。现在有许多人也以为将女人比花，比鸟，比羔羊，便是侮辱女人；赞颂女人的体态，也是侮辱女人。所以者何？便是蔑视她们的人格了！但我觉得我们若不能将"体态的美"排斥于人格之外，我们便要慢慢地说这句话！而美若是一种价值，人格若是建筑于价值的基石上，我们又何能排斥那"体态的美"呢？所以我以为只须将女人的艺术的一面作为艺术而鉴赏它，与鉴赏其他优美的自然一样；艺术与自然是"非人格"的，当然便说不上"蔑视"与否。在这样的立场上，将人比物，欢喜赞叹，自与因袭的玩弄的态度相差十万八千里，当可告无罪于天下。——只有将女人看作"玩物"，才真是蔑视呢；即使是在所谓的"恋爱"之中。

艺术的女人，是的，艺术的女人！我们要用惊异的眼去看她，那是一种奇迹！

我之看女人，十六年于兹了，我发现了一件事，就是将女人作为艺术而鉴赏时，切不可使她知道；无论是生疏的，是较熟悉的。因为这要引起她性的自卫的羞耻心或他种嫌恶心，她的艺术味便要变稀薄了；而我们因她的羞耻或嫌恶而关心，也就不能静观自得了。所以我们只好秘密地鉴赏；艺术原来是秘密的呀，自然的创作原来是秘密的呀。但是我所欢喜的艺术的女人，究竟是怎样的呢？您得问了。让我告诉您：我见过西洋女人，日本女人，江南江北两个女人城内的女人，名闻浙东西的女人；但我的眼光究竟太狭了，我只见过不到半打的艺术的女人！而且其中只有一个西洋人，没有一个日本人！那西洋的处女是在 Y 城里一条僻巷的拐角上遇着的，惊鸿一瞥似的便过去了。其余有两个是在两次火车里遇着的，一个看了半天，一个看了两天；还有一个是在乡村里遇着的，足足看了三个月。——我以为艺术的女人第一是有她的温柔的空气；使人如听着箫管的悠扬，如嗅着玫瑰花的芬芳，如躺着在天鹅绒的厚毯上。她是如水的密，如烟的轻，笼罩着我们；我们怎能不欢喜赞叹呢？这是由她的动作而来的；她的一举步，一伸腰，一掠鬓，一转眼，一低头，乃至衣袂的微扬，裙幅的轻舞，都如蜜的流，风的微漾；我们怎能不欢喜赞叹呢？最可爱的是那软软的腰儿；从前人说临风的垂柳，《红楼梦》里说晴雯的"水蛇腰儿"，都是说腰肢的细软的；但我所欢喜的腰呀，简直和苏州的牛皮糖一样，使我满舌头的甜，满牙齿的软呀。腰是这般软了，手足自也有飘逸不凡之概。你瞧她的足胫多么丰满呢！从膝关节以下，渐渐地隆起，像新蒸的面包一样；后来又渐渐渐渐地缓下去了。这足胫上正罩着丝袜，淡青的？或者白的？拉得紧紧的，一些儿皱纹没有，更将那丰满的曲线显得丰满了；而那闪闪的鲜嫩的光，简直可以照出人的影子。你再往上瞧，她的两肩又多么亭匀呢！像双生的小羊似的，又像两座玉峰似的；正是秋山那般瘦，秋水那般平呀。肩以上，便到了一般人讴歌颂赞所集的"面目"了。我最不能忘记的，是她那双鸽子般的眼睛，伶俐到像要立刻和人说话。在惺忪微倦的时候，尤其可喜，因为正像一对睡了的褐色小鸽子，和那润泽而微红的双颊，苹果般照耀着的，恰如曙色之与夕阳，巧妙的相映衬着。再加上那覆额的，稠密而蓬松的发，像天空的乱云一般，点缀得更有情趣了。而她那甜蜜的微笑也是可爱的东西；微笑是半开的花朵，里面流溢着诗与画与无声的音乐。是的，我说的已多了；我不必将我所见的，一个人一个人分别说给你，我只将她们融合成一个 Sketch 给你看——这就是我的惊异的型，就是找所谓艺术的女子的型。但我的眼光究竟太狭了！我的眼光究竟太狭了！

　　在女人的聚会里，有时也有一种温柔的空气；但只是笼统的空气，没有详细的节目。所以这是要由远观而鉴赏的，与个别的看法不同；若近观时，那笼统的空气也许会消失了的。说起这艺术的"女人的聚会"，我却想着数年前的事了，云烟一般，好惹人怅惘的。在P城一个礼拜日的早晨，我到一所宏大的教堂里去做礼拜；听说那边女人多，我是礼拜女人去的。那教堂是男女分坐的。我去的时候，女坐还空着，似乎颇遥遥的；我的遐想便去充满了每个空座里。忽然眼睛有些花了，在薄薄的香泽当中，一群白上衣，黑背心，黑裙子的女人，默默地，远远地走进来了。我现在不曾看见上帝，却看见了带着翼子的这些安琪儿了！另一回在傍晚的湖上，暮霭四合的时候，一只插着小红花的游艇里，坐着八九个雪白雪白的白衣的姑娘；湖风舞弄着她们的衣裳，便成一片浑然的白。我想她们是湖之女神，以游戏三昧，暂现色相于人间的呢！第三回在湖中的一座桥上，淡月微云之下，倚着十来个，也是姑娘，朦朦胧胧的与月一齐白着。在抖荡的歌喉里，我又遇着月姊儿的化身了！——这些是我所发现的又一型。

是的，艺术的女人，那是一种奇迹！

一九二五年二月十五日，白马湖

（选自《背影》，人民文学出版社，1983年版）

关于女子

徐志摩

　　也不知怎的我想起来说些关于女子的杂话。不是女子问题。我不懂得科学，没有方法来解剖"女子"这个不可思议的现象。我也不是一个社会学家，搬弄着一套现成的名词来清理恋爱，改良婚姻或是家庭。我也没有一个道学家的权威，来督责女子们去做良妻贤母，或奖励她们去做不良的妻、不贤的母。我没有任何解决或解答的能力。我自己所知道的只是我的意识的流动，就那个我也没有支配的力量。就比是隔着雨雾望远山的景物，你只能辨认一个大概。也不知是哪里来的光照亮了我意识的一角，给我一个辨认的机会，我的困难是在想用粗笨的语言来传达原来极微纤的印象，像是想用粗笨的铁针来绣描细致的图案。我今天所要查考的，所以，不是女子，更不是什么女子问题，而是我自己的意识的一个片段。

　　我说也不知怎的我的思想转上了关于女子的一路。最显浅

034

的原由，我想，当然是为我到一个女子学校里来说话。但此外也还有别的给我暗示的机会。有一天我在一家书店门首见着某某女士的一本新书的广告，书名是《蠹鱼生活》。这倒是新鲜，我想，这年头有甘心做书虫的女子。三百年来女子中多的是良妻贤母，多的是诗人词人，但出名的书虫不就是一位郝夫人王照圆女士吗？这是一件事，再有是我看到一篇文章，英国一位名小说家做的。她说妇女们想从事著述至少得有两个条件：一是她得有她自己的一间屋子，这她随时有关上或锁上的自由；二是她得有五百一年（那合华银有六千元）的进益。她说的是外国情形，当然和我们的相差得远，但原则还不一样是相通的？你们或许要说外国女人当然比我们强，我们怎好跟她们比；她们的环境要比我们的好多少，她们的自由要比我们的大多少；好，外国女人，先让我们的男人比上了外国的男人再说女人吧！

可是你们先别气馁，你们来听听外国女人的苦处。在Queen Anne 的时候，不说更早，那就是我们清朝乾隆的时候，有天才的贵族女子们（平民更不必说了）实在忍不住写下了些诗文就许往抽屉里堆着给蛀虫们享受，哪敢拿著作公开给庄严伟大的男子们看，那不让他们笑掉了牙。男人是女人的"反对党"，Lady Winchilsea 说。趁早，女人，谁敢卖弄谁活该遭殃，才学那是你们的分！一个女人拿起笔就像是在做贼，谁受得了男人们的讥笑。别看英国人开通，他们中间多的是写《妇学篇》的章实斋。倒是章先生那板起道学面孔公然反对女人弄笔墨还好受些。他们的蒲伯，他们的 John Gray，他们管爱文学有才情的女人叫做蓝袜子，说她们放着家务不管，"痒痒的就爱乱涂。"Margaret of Newcastle 另一位才学的女子，也愤愤地说"女人像蝙蝠或猫头鹰似的活着，牲口似的工作，虫子似的死……"且不说男人的态度，女性自己的谦卑也是可以的。Dorothy Osburne 那位清丽的书翰家一写到那位有文才的爵夫人就生气，她说："那可怜的女人准是有点儿偏心的，她什么傻事不做倒来写什么书，又况是诗，那不太可笑了，要是我就算我半个月不睡觉我也到不了那个。"奥斯朋自己可没有想到自己的书翰在千百年后还有人当作宝贵的文学作品念着，反比那"有点儿偏心胆敢写书的女人"风头出得更大，更久！

再说近一点，一百年前英国出一位女小说家，她的地位，有一个批评家说，是离着莎士比亚不远的 Jane Austen——她的环境也不见得比你们的强。实际上她更不如我们现代的女子。再说她也没有一间她自己可以开关的屋子，也没有每年多少固定的收入。她从不出门，也见不到什么有学问的人；她是一位在家里养老的姑娘，看到有限几本书，每天就在一间永远不得清静的公共起坐间里装作写信似的起草她的不朽的作品。"女人从没有半个钟头，"Florence Nightingale 说，"女人从没有半个钟头可以说是她们自己的。"再说近一点，白龙德（Brontë）姊妹们，也何尝有什么安逸的生活。在乡间，在一个牧师家里，她们生，她们长，她们死。她们至多站在露台上望望野景，在雾茫茫的天边幻想大千世界的形形色色，幻想她们无颜色无波浪的生活中所不能的经验。要不是她们卓绝的天才，蓬勃的热情与超越的想象，逼着她们不得不写，她们也无非是三个平常的乡间女子，都死在无欢的家里，有谁想得到她们——光明的十九世纪于她们有什么相干，她们得到了些什么好处？

说起来还是我们的情形比他们的见强哪。清朝的大文人王渔洋、袁子才、毕秋帆、陈碧城都是提倡妇女文学最大的功臣。要不是他们几位间接与直接的女弟子的贡献，清朝一代的妇女文学还有什么可述的？要不是他们那时对于女子做诗文做学问的铺张扬厉，我们那位《文史通义》先生也不至于破口大骂自失身份到这样可笑的地步。他在《妇学篇》里面说：

> 近有无耻文人，以风流自命，蛊惑士女，大率以优伶杂剧所演才子佳人惑人，大江以南名门大家闺阁，多为所诱，征诗刻稿，标榜声名，无复男女之嫌，殆忘其身之雌矣。此等闺娃，妇学不修，岂有真才可取，而为邪人播弄，浸成风俗，人心世道，大可忧也。

章先生要是活到今天看见女子上学堂，甚至和男子同学，上衙门公司店铺工作和男子同事，进这个那个的党和男子同志，还不把他老人家活活地给气瘪了！

所以你们得记得就在英国，女权最发达的一个民族，女子的解放，不论那一方面，都还是近时的事情。女子教育算不上一百年的历史。女子的财产权是五十年来才有法律保障的。女子的政治权还不到十年。但这百年来女性方面的努力与成绩不能不说是惊人的。在百年以前的人类的文化可说完全是男性的成绩，女性即使有贡献是极有限的或至多是间接的，女子中当然也不少奇才异能，历史上不少出名的女子，尤其是文艺方面。希腊的沙浮至今还是个奇迹。中世纪的 Hypatia, Heloise 是无可比的。英国的依利萨伯，唐朝的武则天，她们的雄才大略，那一个男子敢不低头？十八世纪法国的沙龙夫人们是多少天才和名著的保姆。在中国，我们只要记起曹大家的汉书，苏若兰的回文，徐淑、蔡文姬、左九嫔的辞藻，武曌的升仙太子碑，李若兰、鱼玄机的诗，李清照、朱淑真的词，明文氏的九骚——哪一个不是照耀百世的奇才异禀。

这固然是，但就人类更宽更大的活动方面看，女性有什么可以自傲的？有女莎士比亚女司马迁吗？有女牛顿女倍根吗？有女柏拉图女但丁吗？就说到狭义的文艺，女性的成绩比到男性的还不是培娄比到泰山吗？你怪得男性傲慢，女性气馁吗？

在英国乃至在全欧洲，奥斯丁以前可以说女性没有一个成家的作者。从依利萨伯到法国革命查考得到的女子作品只是小诗与故事。就中国论，清朝一代相近三百年间的女作家，按新近钱单夫人的《清闺秀艺文略》看，可查考的有二千三百十二人之多，但这数目，按胡适之先生的统计，只有百分之一的作品是关于学问，例如考据历史、算学、医术，就那也说不上有什么重要的贡献，此外百分之九十九都是诗词一类的文学，而且妙的地方是这些诗集诗卷的题名，除了风花雪月一类的风雅，都是带着虚心道歉的意味，仿佛她们都不敢自信女子有公然著作成书的特权似的，都得声明这是她们正业以外的闲情，本算不上什么似的，因之不是绣余，就是爨余，不是红余，就是针余，不是脂余梭余，就是织余绮余（陈圆圆的职业特别些，她的词集叫《舞余词》），要不然就是焚余烬余未焚未烧未定一类的通套，再不然就是断肠泪稿一流的悲苦字样。（除了秋瑾的口气那是不同些）情形是如此，你怪得男性的自美，女性的气短吗？

但这文化史上女性远不如男性的情形自有种种的解释，自然的趋势，男性当然不能借此来证明女子的能力根本不如男子，女性也不能完全推托到男性有意的压迫。谁要奇怪女性的迟缓，要问何以女权论要等到玛丽乌尔夫顿克辣夫德方有具体的陈词，只须记得人权论本身也要到相差不远的日子才出世。人的思想的能力是奇怪的，有时他连蹿带跳的在短时期内发现了很多，例如希腊黄金时代与近一百五十年来的欧洲，有时睡梦迷糊的在长时期一无新鲜，例如欧洲的中世纪或中国的明代。它不动的时候就像是冬天，一切都是静定的无生气的，就像是生命再不会回来，但它一动的时候那就比是春雷的一震，转眼间就是蓬勃绚烂的春时。在欧洲从亚理斯多德直到卢梭乃至叔本华，没有一个思想家不承认男女的不平等是当然的，绝对不值得并且也无从研究的；即使偶有几个天才不容自掩的女子，在中国我们叫作才女，那还是客气的，如同叫长花毛的鸭作锦鸡，在欧洲百年前叫做蓝袜子，那就不免有嘲笑的意思。但自从约翰弥勒纯正通达论妇女论的大文出世以来，在理论上所有女性不如男性或是女性不能和男性享受平等机会以及共同负责文化社会的生存与进步的种种谬见、偏见与迷信都一齐从此失去了根据，在事实上，在这百年来女性自强的努力也已经显明的证明，女性只要有同等的机会不论在哪样事情上都不能比男性差；人类的前途展开了一个伟大的新的希望，就是此后文化的发展是两性共同的企业，不再是以前似的单性的活动。在这百年来虽则在别的方面人类依然不免继续他们的谬误、愚蠢、固执、迷信，但这百余年是可纪念的，因为这至少是一个女性开始光荣的世纪。在政治上，在社会上，在法律与道德上，在理论方面，至少女性已经争得与男性完全平等的地位。在事实上，女子的职业一天增多一天，我们现在不易想象一种职业男性可以胜任而女性不能的——也许除了实际的上战场去打仗，但这项职业我们都希望将来有完全淘汰的一天，我们决不希望温柔的女性在任何情形下转变成善斗杀的凶恶。文学与艺术不用说，女子是早就占有地位的，但近百年来的扩大也是够惊人的。诗人就说白郎宁夫人、罗刹蒂小姐、梅耐儿夫人三个名字已经是够辉煌的。小说更不用说，英美的出版界已有女作家超过男作家的趋势，在品质方面一如数量。J. A. George Eliot, George Sand, Brontë Sisters，近时如曼殊斐儿、薇金娜吴尔夫等等都是卓然成家为文学史上增加光彩的作者。演剧方面如沙拉贝娜，Duse, Ellen Terry，都是人类永久不可磨灭的记忆。论跳舞，女子的贡献更分明的超过男子，我们不能想象一个男性的 Isadora Duncan。音乐、画、雕刻，女子的出人头地的也在天天的加多。科学与哲学，向来是男性的专业，但跟着教育的发展，女子的贡献也在日渐的继长增高。你们只须记起 Madame Curie 就可以无愧。讲到学问，现在有那一门女子提不起来的。

但这情形，就按最先进几国说，至多也不过一百年来的事，然而成绩已有如此的可观。再过了两千年，我想，男子多半再不敢对女子表示性的傲慢。将来的女子自会有她们的莎士比亚、倍根、亚理斯多德、卢梭，正如她们在帝王中有过依利萨伯、武则天，在诗人中有过白郎宁、罗刹蒂，在小说家中有过奥斯丁与白龙德姊妹。我们虽则不敢预言女性竟可以有完全超越男性的一天，但我们很可以放心的相信此后女性对文化的贡献比现在总可以超过无量倍数，到男子要担心到他的权威有摇动的危险的一天。

但这当然是说得很远的话。按目前情形，尤其是中国的，我们一方面固然感到女子在学问事业日渐进步的兴奋与快慰，但同时我们也深刻地感觉到种种阻碍的势力，还是很活动的在着。我们在东方几乎事事是落后的，尤其是女子，因为历史长，所以习惯深，习惯深所以解放更觉费力。不说别的，中国女子先就忍就了几千年身体方面绝无理性可说的束缚，所以人家的解放是从思想作起点，我们先得从身体解放起。我们的脚还是昨天放开的，我们的胸还是正在开放中。事实上固然这一代的青年已经不至感受身体方面的束缚，但不幸长时期的压迫或束缚是要影响到血液与神经的组织的本体的。即如说脚，你们现有的固然是极秀美的天足，但你们的血液与纤维中，难免还留有几十代缠足的鬼影。又如你们的胸部虽已在解放中，但我知道有的年轻姑娘们还不免感到这解放是一种可羞的不便。所以单说身体，恐怕也得至少到你们的再下去三四代才能完全实现解放，恢复自然发展的愉快与美。身体方面已然如此，别的更不用说了。再说一个女子当然还不免做妻做母，单就生产一件事说，男性就可以无忌惮地对女性说："这你总逃不了，总不能叫我来替代你吧！"事实上的确有无数本来在学问或事业上已经走上路的女子，为了做妻做母的不可避免临了只能自愿或不自愿的牺牲光荣的成就的希望。这层的阻碍说要能完全去除，当然是不可能，但按现今种种的发明与社会组织与制度逐渐趋向合理的情形看，我们很可以设想这天然阻碍的不方便性消解到最低限度的一天。有了节育的办法，比如说，你就不必有生育，除了你自愿，如此一个女子很容易在她几十年的生活中匀出几个短期间来尽她对人类的责任。还有将来家庭的组织也一定与现在的不同，趋势是在去除种种不必要精力的消耗（如同美国就有新法的合作家庭，女子管家的担负不定比男子的重，彼此一样可以进行各人的事业）。所以问题倒不在这方面。成问题的是女子心理上母性的牢不可破，那与男子的父性是相差得太远了。我来举一个例。近代最有名的跳舞家 Isadora Duncan 在她的自传里说她初次生产时的心理，我觉得她说得非常的真。在初怀孕时她觉得处处的不方便，她本是把她的艺术——舞——看得比她的生命都更重要的，她觉得这生产的牺牲是太无谓了。尤其是在生产时感到极度的痛苦时，（她的是难产）她是恨极了上帝叫女人担负这惨毒的义务，她差一点死了。但等到她的孩子一下地，等到看护把一个稀小的喷香的小东西偎到她身旁去吃奶时，她的快乐，她的感激，她的兴奋，她的母爱的激发，她说，简直是不可名状。在那时间她觉得生命的神奇与意义——这无上的创造——是绝对盖倒一切的，这一相比她原来看作比生命更重要的艺术顿时显得又小又浅，几乎是无所谓的了。在那时间把性的意识完全盖没了后天的艺术家的意识。上帝得了胜了！这，我说，才真是成问题，倒不在事实上三两个月的身体的不便，这根蒂深而力道强的母性当然是人生的神秘与美的一个重要成分，但它多少总不免阻碍女子个人事业的进展。

所以按理论说男女的机会是实在不易说成完全平等的，天生不是一个样子你有什么办法？但我们也只能说到此，因为在一个女子，母性的人格，母性的实现，按理是不应得与她个人的人格，个性的实现相冲突的。除了在不合理的或迷信打底的社会组织里，一个女子做了妻母再不能兼顾别的，她尽可以同时兼顾两种以上的资格，正如一个男子的父性并不妨害他的个性。就说D，她不能不说是一个母性特强（因为情感富强）的一个女子，但她事实上并不曾为恋爱与生育而至放弃她的艺术的追求。她一样完成了她的艺术。此外做女子的不方便当然比男子的多，但那些都是比较不重要的。

我们国内的新女子是在一天天可辨认的长成，从数千年来有形与无形的束缚与压迫中渐次透出性灵与身体的美与力，像一支在籜裹中透露着的新笋。有形的阻碍，虽则多，虽则强有力，还是比较容易克除的，无形的阻碍，心理上，意识与潜意识的阻碍，倒反须要更长时间与努力方有解脱的可能。分析的说，现社会的种种都还是不适宜于我们新女子的长成的。我再说一个例，比如演戏，你认识戏的重要，知道它的力量。你也知道你有舞台表演的天赋。那为你自己，为社会，你就得上舞台演戏去不是？这时候你就逢到了阻力。积极的或许你家庭的守旧与固执。消极的或许你觅不到相当的同志与机会。这些就算都让你过去，你现在到了另一个难关。有一个戏非你充不可，比如说，那碰巧是个坏人，那是说按人事上习惯的评判，在表现艺术上是没有这种区分的，艺术须要你做，但你开始踌躇了。说一个实例，新近南国社演的沙乐美，那不是一个贞女，也不是一个节妇。有一位俞女士，她是名门世家的一位小姐，去担任主角。她只知道她当前表现的责任。事实上她居然排除了不少的阻难而登台演那戏了。有一晚她正演到要热慕地叫着"约翰我要亲你的嘴"，她瞥见她的母亲坐在池子里前排瞪着怒眼望着她，她顿时萎了，原来有热有力的音声与诗句几于嗫嚅的勉强说过了算完事。她觉得她再也鼓不住她为艺术的一往的勇气，在她母亲怒目的一视中，艺术家的她又萎成了名门世家事事依傍着爱母的小姐——艺术失败了！习惯胜利了！

　　所以我说这类无形的阻碍力量有时更比有形的大。方才说的无非是现成的一个例。在今日一个女子向前走一个步都得有极大的决心和用力，要不然你非但不上前，你难说还向后退——根性、习惯、环境的势力，种种都牵制着你，阻搁着你。但你们各个人的成或败于未来完全性的新女子的实现都有关联。你多用一分力，多打破一个阻碍，你就多帮助一分，多便利一分新女子的产生。简单说，新女子与旧女子的不同是一个程度，不定是种类的不同。要做一个新女子，做一个艺术家或事业家，要充分发展你的天赋，实现你的个性，你并没有必要不做你父母的好女儿，你丈夫的好妻子，或是你儿女的好母亲——这并不一定相冲突的（我说不一定因为在这发轫时期难免有各种牺牲的必要，那全在你自己判清了利弊下决断）。分别是在旧观念是要求你做一个扁人，纸剪似的没有厚度没有血脉流通的活性，新观念是要你做一个真的活人，有血有气有肌肉有生命有完全性的！这有完全性要紧——的一个个人。这分别是够大的，虽则话听来不出奇。旧观念叫你准备做妻做母，新观念并不不叫你准备做妻做母，但在此外先要你准备做人，做你自己。从这个观点出发，别的事情当然都换了透视。我看古代留传下来的女作家有一个有趣味的现象。她们多半会写诗，这是说拿她们的心思写成可诵的文句。按传说，至少一个女子的文才多半是有一种防身作用，比如现在上海有钱人穿的铁马甲。从《周南》的蔡人妻作的"苤苢三章"，《召南》申人女"行露三章"，卫共姜"柏舟诗"，《陈风》"墓门"，陶婴"黄鹄歌"，宋韩凭妻"南山有乌"句乃至罗敷女"陌上桑"，都是全凭编了几句诗歌而得幸免男性的侵凌的。还有卓文君写了"白头吟"，司马相如即不娶姨太太，苏若兰制了回文诗，扶风窦滔也就送掉他的宠妾。唐朝有几个宫妃在红叶上题了诗，（"一入深宫里，无由得见春。题诗花叶上，寄与接流人。"）从御沟里放流出外因而得到夫婿的。此外更有多少女子作品不是慕就是怨。如是看来文学之于古代妇女多少都是于她们婚姻问题发生密切关系的。这本来是，有人或许说，就现在女子念书的还不是都为写情书的准备，许多人家把女孩送进学校的意思还不无非是为了抬高她在婚姻市场上的卖价？这类情形当然应得书篇似的翻阅过去，如其我们盼望新女子及早可以出世。

　　这态度与目标的转变是重要的。旧女子的弄文墨多少是一种不必要的装饰；新女子的求学问应分是一种发现个性必要的过程。旧女子写诗词，多少是抒写她们私人遭际与偶尔的情感；新女子的志向应分是与男子共同继承并且继续生产人类全部的文化产业。旧女子的字业是承认女子无才便是德的大条件而后红着脸做的事情，因而绣余炊余一流的道歉；新女子的志愿是要为报复那一句促狭的造孽格言而努力给男性一个不容否认的反证。旧女子有才学的理想是李易安的早年的生涯——当然不一定指她的"被翻红浪，起来慵自梳头"一类的艳思——嫁一个风流跌宕一如赵明诚公子的夫婿（"赖有闺房如学舍，一编横放两个看"），过一些风流而兼风雅的日子；新女子——我们当然不能不许她私下期望一个风流的有情郎（"易求无价宝，难得有情郎"），但我们却同时期望她虽则身体与心肠的温柔都给了她的郎，她的天才她的能力却得贡献给社会与人类。

（选自《志摩文集·乙集》，商务印书馆香港分馆，1983年版）

太监

周作人

　　中国文化的遗产里有四种特别的东西，很值得注意，照着他们历史的长短排列起来，其次序为太监，小脚，八股文，鸦片烟。我这里想要谈的就是这第一种。

　　中国太监起于何时？曲园先生《茶香室四钞》卷八有"上古有宦者"一条，结果却是否认，文云：

　　"明张萱《疑耀》云，余阅黄帝针经，帝与岐伯论人不生须者，有宦不生须之语，则黄帝时已有宦者。按此论见《灵枢经》卷十《五音五味篇》。……《素问》《灵枢》皆托之黄帝，张氏据此为黄帝时已有宦者之证，余则转以此语决其非上古之书也。"据说在舜的时代已有五刑，那么这一类刑余之人也该有了罢，不过我于史学很是荒疏，有点不大明白，总之到周朝此辈阉人的存在与活动才很确实了。德国列希忒（Hans Licht）在所著《古希腊的性生活》（一九三二英译本）第二分第七章中讲到阉割云：

"此盖是东方的而非希腊的风俗。据希拉尼科思说，巴比伦人最初阉割童儿。此种行凶由居洛士大王传入波斯，克什诺芬云。又通行的传说则谓发明此法者系一女人，其人盖即亚叙利亚女王色米拉米思也。"巴比伦盛于唐虞之际，亚叙利亚则在殷初，皆在周以前，中国民族的此种方法究竟是自己发明，还是从西亚学来，现在无从决定，只好存疑，但是在东亚则中国无疑的是首创者与维持者，盖太监在中国差不多已有三千年的光荣的历史了也。

太监的用处在古书上曾略有说明，如《周礼》秋官掌戮下云："宫者使守内。"郑玄注："以其人道绝也。"又《后汉书·宦者列传》序云：

"《周礼》……阍者守中门之禁，寺人掌女官之戒。又云，王之正内者五人。《月令》，仲冬命阉尹审门闾，谨房室。《诗》之《小雅》亦有巷伯刺谗之篇。然宦人之在王朝者其来旧矣，将以其体非全气，情志专良，通关中人，易以役养乎。"二者所说用意相同。这宫者的职务虽然与上下文的"墨者使守门，劓者使守关"等似是同例，实际上却并不然。脸上有金印与门，没鼻子与关，都无直接的关系，唯独宫者因其人道绝所以令看守女人，这比请六十岁白胡子老头儿当女学校长还要可靠，真可以算是废物利用的第一良策了。希腊罗马称太监曰典床（Eunuokhos），亦正是此意。

照《周礼》看来是必先有宫者而后派他去守内，那么这宫刑是处罚什么罪的呢？《尚书·大传》说："男女不以义交者其刑宫。"揆之原始刑法以牙报牙之例是很有道理的，但毕竟是否如此单纯也还是问题，如鼎鼎大名的太史公之下蚕室就全为的是替李陵辩护，并不由于什么风化案件，大约这只是减死一等的刑罚罢了。倒是在明初却还有那种与古义相合的办法，据蒋一葵《尧山堂外纪》云：

"洪武间金华张尚礼为监察御史。一日做宫怨诗云：庭院沉沉昼漏清，闭门春草共愁生，梦中正得君王宠，却被黄鹂叫一声。高帝以其能摹写宫阃心事，下蚕室死。"老实说这诗并不怎么好，也不见得写出宫阃心事，平白地按照男女不以义交办理，可谓冤枉，不过这总可算是意淫之报，有如《玉历钞传》等书中所说。徐𬭎编《本事诗》卷二载高启《宫女图》一绝句，又引钱谦益语云：

"吴中野史载季迪因此诗得祸，余初以为无稽，及观国初昭示诸录所载李韩公子㣧诸小侯爱书及高帝手诏豫章侯罪状，初无隐避之词，则知季迪此诗盖有为而作，讽谕之诗虽妙绝今古，而因此触高帝之怒，假手于魏守之狱，亦事理之所有也。"此与张尚礼事正相类，只是没有执行宫刑，却借了别的不相干的事处了腰斩，所以与我们现在所说的问题似无直接的关系罢了。

肉刑到了汉朝据说已废止了，后来的圣主如明高皇帝有时候高兴起来虽然也还偶尔把一两个监察御史去下蚕室，以为善摹写宫阃心事者戒，可是到底没有大批的执行，要想把这些宫者去充内监使用，实在有点供不应求，因此只得另想方法，从新制造了。明朝太监的出产地听说多在福建，清朝则移到直隶的河间。其制造法未得详知，偶见报上记载恐亦多道听途说，大抵总如巴比伦的阉割童儿吧。宋长白《柳亭诗话》卷十七云：

"明制，小阉服药后过堂，令诵二月二十二一句，验其口吃与否。此五字见李义山集，二月二十二，木兰开拆初。服药者，初为椓人也。事隶兵部。"二月二十二这一句话我想未必一定出于李义山，大约只因为有好几个二字，仿佛是拗口令，可以试验口齿伶俐与否，但是使我们觉得很有意思的却是事隶兵部这句话。为什么小阉过堂是属于兵部的呢？据魏濬《峤南琐记》（砚云乙编本）云：

"汪直，藤峡猺，藤峡平后以俘入。初正统间尝令南方征剿诸峒，幼童十岁以下者勿杀，割去其势，不死则养之，以备净身之用。此真所谓刑余也。"这大约只是偶然一回，未必是成例，恰巧与兵部有点相关，所以抄来做材料，也可以知道阉人的别一来源耳。

《顺天府志》卷十三《坊巷志》上本司胡同条引明于慎行《谷城山房笔麈》云：

"正德中乐长臧贤甚被宠遇，曾给一品服色。相传教坊司门曾改方向，形家见之曰，此当出玉带数条。闻者笑之。未几上有所幸伶儿，入内不便，诏尽宫之，使入为钟鼓司官，后皆赐玉。"又沈德符《敝帚斋余谈》（砚云乙编）亦云：

"正德间教坊司改造前门，有过之者诧曰，异哉术士也，此后当出玉带数条。闻者失笑。未几上爱小优数人，命阉之，留于钟鼓司，俄称上意，俱赏蟒玉。"游龙戏凤的皇帝偶尔玩一点把戏，原是当然的，水乡小孩看见螃蟹，心想玩弄，却又有点害怕，末了就把蟹的两只大钳折去了，拿了好玩，差不多是同样的巧妙的残酷罢。

太监是一个很有兴趣的题目，却有很深长的意义。说国家会亡于太监，在现今觉得这未必确实，但用太监的国家民族难得兴盛，这总是可以说的了。西欧各国无用太监者，就是远东的日本也向来没有太监，他们不肯残毁人家的支体以维男女之大防，这一点也即是他们有人情有生意的地方。中国太监制度现在总算废除了，可是有那么长的历史存在，想起来不禁悚然，深恐正如八股虽废而流泽孔长也。

（选自《夜读抄》，上海北新书局，1934年版）

萨天师语录（三）

林语堂

　　萨拉图斯脱拉决心辞别河畔的凉风，跑到人声嘈杂的市上。他跟随群众走进一热气阂塞的咖啡店里。在这热闹的广众中，他感到一种特殊的慰藉。

　　不远的，萨拉图斯脱拉看见他前日遇见在街房演讲的女士。萨拉图斯脱拉看见她赳赳的气象，的确与马车中"嘻嘻！嘿嘿！"东方文明之神不同。萨拉图斯脱拉又惊喜又忧虑道：她是我想见的新时代的产物。但是我希望她也是新时代之产生者。就可惜她不该不产！

　　剪发的女士走到萨拉图斯脱拉跟前坐下。她对萨拉图斯脱拉说：

　　萨拉图斯脱拉！我知道你是返俗的高僧，是捣毁偶像的道人；你是一切蔑视之蔑视者，一切讥讽之讥讽者。我们希望你也捣毁一切压迫女性的偶像。

我们要打破性幽囚的监牢，要撕断性奴隶的桎梏。

我们推翻贞女烈妇的牌坊，要摘下贤妻慈母的匾额。

我们要脱离寄生虫的生活，也要卸去生育寄生虫的责任。

我们要唱男子雄壮之歌，使柔顺忸怩的男生完全屈服。

萨拉图斯脱拉！我们也愿听你的意见。

萨拉图斯脱拉忽露笑容说：

我的女孩！你的志愿很好！但只是你的志愿很好！

年轻的女郎！在你壮丽的声容中，我仿佛听见性幽囚的哭声，在你蓬发的底下，我似乎仍然看见性奴隶的面目。

这个哭声与这个面目，就是你尚未得解放的徽记。你们已因舆论而憔悴，而且要病卧呻吟于舆论的榻上。所以我仿佛看见及闻见你们的哭声与泪痕。

我要告诉你们解放的真术。我袈裟中隐藏一法宝，不轻易示人的，未知你能消受否？

蓬发的女士道：萨天师，给我看你的法宝！是个什么东西？

萨拉图斯脱拉说：唔！是一个小小的真理，他是怕见俗目的。

萨天师说：

性爱于男子是一种消遣，于女子已成了职业，这职业招牌就是篦、梳、箕、帚。

性爱是男子的慰安，但是他是女子的生命，所以你及你的同性成为性的奴隶。

性爱是刚强的。他是择肥而噬的。你们太肥了。

因为你们整个投降于性爱，所以你及你的同性成为性爱的工具。

男子是性爱的主人，因为男子的性爱是从午茶起的……

萨拉图斯脱拉说：

我愿意替你们打断一切的枷锁，只是你们不能容纳。我愿意放你们翱翔于天空，你们养惯的笼鸟。

可怜养惯的小鸟，你们只会唱主人之歌。你们仍然要归宿于主人的檐下。

在你们充满着性奴隶的愤慨的脑海中，你们尚未忘掉你们主人的印象。

在你们自由战争中，你们已经唱颂扬监禁你们者之歌。你们仍然以与男性平等为最高的标准。

与男性平等，这是你们最高的荣耀。而且你们颇已羡慕男性之平胸与不产。

萨拉图斯脱拉说：就是你们的胸已平，你们也无过做男性之投降者。就是你们真正不产，你们也只是男性之投机者。

我愿意看见新时代的女子，——她要打破束缚你们自由的桎梏——男子的好恶！

我愿意看见新时代的女子，——她要无愧的标立，表现、发挥女性的不同，建造新女性于别个的女性之上。

但是我的希望是徒然的，我的说话也是徒然的……

年轻的女士起立向萨拉图斯脱拉辞别，辞别之时，她微笑地说：

萨拉图斯脱拉！你的确是个男性，而且是老年的男性！今晚的话确使我闻所未闻！

诚然我要以我情人的好恶为转移，因为我要完成爱情的使命！萨拉图斯脱拉！……

但是萨拉图斯脱拉已经起立，抚摩她的头额说：我都知道了！萨拉图斯脱拉都知道了！回去执你的箅、梳、箕、帚！

我所爱的少女，夏娃的嫡系！你已经说老实话！我爱你的老实。

萨拉图斯脱拉如是说。

（选自《大荒集》，上海书店，1985年影印本）

关于女人

瞿秋白

国难期间女人似乎也特别受难些。一些正人君子责备女人爱奢侈，不肯光顾国货。就是跳舞，肉感等等，凡是和女性有关的，都成了罪状。仿佛男人都成了苦行和尚，女人都进了修道院，国难就得救了似的。

其实那不是她的罪状，正是她的可怜。这社会制度，把她挤成了各种各式的奴隶，还要把种种罪名加在她头上。西汉末年，女人的眉毛画得歪歪斜斜，也就是败亡的预兆。其实亡汉的何尝是女人！总之，只要看有人出来唉声叹气的不满意女人，我们就知道高等阶级的地位有些不妙了。

奢侈和淫靡只是一种社会崩溃腐化的现象，决不是原因。私有制度的社会本来把女人也当做私产，当做商品。一切国家，一切宗教，都有许多稀奇古怪的规条，把女人当做什么不吉利的动物，威吓她，要她奴隶般的服从，同时又要她做高等阶级的玩具。正像正人君子骂女人奢侈，板着面孔维持风化，而同时正在偷偷地欣赏肉感的大腿文化。

阿拉伯一个古诗人说："地上的天堂是在圣贤的经典里，在马背上，在女人的胸脯上。"这句话倒是老实的供状。

自然，各种各式的卖淫总有女人的份。然而买卖是双方的。没有买淫的嫖男，那里会有卖淫的娼女。所以问题还在卖淫的社会根源。这根源存在一天，淫靡和奢侈就一天不会消灭。女人的奢侈是怎么回事？男人是私有主，女人自己也不过是男人的所有品。她也许因此而变成了"败家精"。她爱惜家财的心要比较的差些。而现在，卖淫的机会那么多，家庭里的女人直觉地感觉到自己地位的危险。民国初年就听说上海的时髦总是从长三堂子传到姨太太之流，从姨太太之流再传到少奶奶，太太，小姐。这些"人家人"要和娼妓竞争——极大多数是不自觉的，——自然，她们就要竭力地修饰自己的身体，修饰拉得住男子的心的一切。这修饰的代价是很贵的，而且一天天的贵起来，不但是物质的代价，还有精神上的代价。

美国的一个百万富翁说："我们不怕……我们的老婆就要使我们破产，较工人来没收我们的财产要早得多呢，工人他们是来不及的了。"而中国也许是为着要使工人"来不及"，所以高等华人的男女这样赶紧的浪费着，享用着，畅快着，哪里还管得到国货不国货，风化不风化。然而口头上是必须维持风化，提倡节俭的。

一九三三年四月十一日

（选自《瞿秋白文集》第二卷，人民文学出版社，1986年版）

女人未必多说谎

鲁　迅

　　侍桁先生在《谈说谎》里，以为说谎的原因之一是由于弱，那举证的事实，是："因此为什么女人讲谎话要比男人来得多。"

　　那并不一定是谎话，可是也不一定是事实。我们确也常常从男人们的嘴里，听说是女人讲谎话要比男人多，不过却也并无实证，也没有统计。叔本华先生痛骂女人，他死后，从他的书籍里发现了医梅毒的药方；还有一位奥国的青年学者，我忘记了他的姓氏，做了一大本书，说女人和谎话是分不开的，然而他后来自杀了。我恐怕他自己正有神经病。

　　我想，与其说"女人讲谎话要比男人来得多"，不如说"女人被人指为'讲谎话要比男人来得多'的时候来得多"，但是，数目字的统计自然也没有。

　　譬如罢，关于杨妃，禄山之乱以后的文人就都撒着大谎，玄宗逍遥事外，倒说是许多坏事情都由她，敢说"不闻夏殷衰，中自诛褒姐"的有几个。就是妲己，褒姒，也还不是一样的事？女人的替自己和男人伏罪，真是太长远了。

今年是"妇女国货年"，振兴国货，也从妇女始。不久，是就要挨骂的，因为国货也未必因此有起色，然而一提倡，一责骂，男人们的责任也尽了。

记得某男士有为某女士鸣不平的诗道："君王城上竖降旗，妾在深宫那得知？二十万人齐解甲，更无一个是男儿！"快哉快哉！

一月八日

（选自《鲁迅全集》第5卷，人民文学出版社，1981年版）

奇怪

鲁　迅

　　世界上有许多事实，不看记载，是天才也想不到的。非洲有一种土人，男女的避忌严得很，连女婿遇见丈母娘，也得伏在地上，而且还不够，必须将脸埋进土里去。这真是虽是我们礼义之邦的"男女七岁不同席"的古人，也万万比不上的。

　　这样看来，我们的古人对于分隔男女的设计，也还不免是低能儿；现在总跳不出古人的圈子，更是低能之至。不同泳，不同行，不同食，不同做电影，都只是"不同席"的演义。低能透顶的是还没有想到男女同吸着相通的空气，从这个男人的鼻孔里呼出来，又被那个女人从鼻孔里吸进去，淆乱乾坤，实在比海水只触着皮肤更为严重。对于这一个严重问题倘没有办法，男女的界限就永远分不清。

　　我想，这只好用"西法"了。西法虽非国粹，有时却能够帮助国粹的。例如无线电播音，是摩登的东西，但早晨有和尚念经，却不坏；汽车固然是洋货，坐着去打麻将，却总比坐绿呢大轿，好半天才到的打得多几圈。以此类推，防止男女同吸空气就可以用防毒面具，各背一个箱，将养气由管子通到自己的鼻孔里，既免抛头露面，又兼防空演习，也就是"中学为体，西学为用"。凯末尔将军治国以前的土耳其女人的面幕，这回可也万万比不上了。

假使现在有一个英国的斯惠夫德似的人，做一部《格利佛游记》那样的讽刺的小说，说在二十世纪中，到了一个文明的国度，看见一群人在烧香拜龙，作法求雨，赏鉴"胖女"，禁杀乌龟；又一群人在正正经经的研究古代舞法，主张男女分途，以及女人的腿应该不许其露出。那么，远处，或是将来的人，恐怕大抵要以为这是作者贫嘴薄舌，随意捏造，以挖苦他所不满的人们的罢。

然而这的确是事实。倘没有这样的事实，大约无论怎样刻薄的天才作家也想不到的。幻想总不能怎样的出奇，所以人们看见了有些事，就有叫作"奇怪"这一句话。

八月十四日

（选自《鲁迅全集》第5卷，人民文学出版社1981年版）

男人的进化

鲁 迅

　　说禽兽交合是恋爱未免有点亵渎。但是，禽兽也有性生活，那是不能否认的。它们在春情发动期，雌的和雄的碰在一起，难免"卿卿我我"的来一阵。固然，雌的有时候也会装腔做势，逃几步又回头看，还要叫几声，直到实行"同居之爱"为止。禽兽的种类虽然多，它们的"恋爱"方式虽然复杂，可是有一件事是没有疑问的：就是雄的不见得有什么特权。

　　人为万物之灵，首先就是男人的本领大。最初原是马马虎虎的，可是因为"知有母不知有父"的缘故，娘儿们曾经"统治"过一个时期，那时的祖老太太大概比后来的族长还要威风。后来不知怎的，女人就倒了霉：项颈上，手上，脚上，全都锁上了链条，扣上了圈儿，环儿，——虽则过了几千年这些圈儿环儿大都已经变成了金的银的，镶上了珍珠宝钻，然而这些项圈，镯子，戒指等等，到现在还是女奴的象征。既然女人成了奴隶，那就男人不必征求她的同意再去"爱"她了。古代部落之间的战争，结果俘虏会变成奴隶，女俘虏就会被强奸。那时候，大概春情发动期早就"取消"了，随时随地男主人都可以强奸女俘虏，女奴隶。现代强盗恶棍之流的不把女人当人，其实是大有酋长式武士道的遗风的。

但是，强奸的本领虽然已经是人比禽兽"进化"的一步，究竟还只是半开化。你想，女的哭哭啼啼，扭手扭脚，能有多大兴趣？自从金钱这宝贝出现之后，男人的进化就真的了不得了。天下的一切都可以买卖，性欲自然并非例外。男人化几个臭钱，就可以得到他在女人身上所要得到的东西。而且他可以给她说：我并非强奸你，这是你自愿的，你愿意拿几个钱，你就得如此这般，百依百顺，咱们是公平交易！蹂躏了她，还要她说一声"谢谢你，大少"。这是禽兽干得来的么？所以嫖妓是男人进化的颇高的阶段了。

同时，父母之命媒妁之言的旧式婚姻，却要比嫖妓更高明。这制度之下，男人得到永久的终身的活财产。当新妇被人放到新郎的床上的时候，她只有义务，她连讲价钱的自由也没有，何况恋爱。不管你爱不爱，在周公孔圣人的名义之下，你得从一而终，你得守贞操。男人可以随时使用她，而她却要遵守圣贤的礼教，即使"只在心里动了恶念，也要算犯奸淫"的。如果雄狗对雌狗用起这样巧妙而严厉的手段来，雌的一定要急得"跳墙"。然而人却只会跳井，当节妇、贞女、烈女去。礼教婚姻的进化意义，也就可想而知了。

至于男人会用"最科学的"学说，使得女人虽无礼教，也能心甘情愿地从一而终，而且深信性欲是"兽欲"，不应当作为恋爱的基本条件；因此发明"科学的贞操"，——那当然是文明进化的顶点了。

呜呼，人——男人——之所以异于禽兽者！

自注：这篇文章是卫道的文章。

九月三日

（选自《鲁迅全集》第5卷，人民文学出版社，1981年版）

谈《娜拉》

聂绀弩

　　易卜生的《娜拉》对世界给予的影响之大，是用不着谈的。但在中国人的我们看来，娜拉的面貌，却不见得很清楚。因为是一个剧本吧，不容易描写主人公的日常生活，也不容易刻画她个人的性格；一个娇生惯养的绅士的小姐，一个被钟爱着的银行家的太太和三个小宝贝的母亲的娜拉，因为做了那样一桩得意的事，发觉之后，竟意外地遭了丈夫的斥责的原故，马上就大彻大悟，认定举世皆非我独是，勇敢地摔掉在一块儿过了八年之久的丈夫跟三个小宝贝，赤手空拳地跑到外边去。这样的事，至少在我个人，是感觉得不很亲切的。我相信：在某一个时代，会有像娜拉那样热情的勇敢的女性，只是剧本上的娜拉，隔我们却好像还很远。

　　我们也有我们的"娜拉"，并且有很多；都是有血有肉，耳鼻眉眼清清楚楚。这样的"娜拉"，说起来现在该有三十多岁了。形体上大约有一双裹坏过的大脚，扁平又窄狭的胸脯，耳朵上留着永久长不还原的针眼，甚至还有一口还未洗白的黄牙齿。他们大约生在知书识理的地主绅士的家庭，脑子里也许装进过些"女诫"、"女四书"什么的；"中国"古先圣贤的大道，虽然始终莫测高深，多少也该被硬装进了一些，使她们很够资格做一个贤淑的妻子乃至母亲。

可是帝国主义的铁蹄踏到中国，加速了中国旧制度的崩溃；由于封建地主的觉悟，改弦易辙地从事工商业，形成一种新的势力，许多足以妨碍这新兴势力发展的旧东西，都被放在重新估价之列；中国人的生活就掀起了空前的浪潮，很快地到达了所谓"人的发现"或"自我觉醒"的时代。多谢她们的家庭社会地位，多谢那旧式的教育，本来是要被造成良妻贤母的她们，却也被养成了能够感受三从四德以外的新东西的能力，使她们敏锐地感到她们的母亲以前的女性所不能感到的生活上的苦痛，并且不能忍受它，虽说母亲以前的女性都忍受过来了。包办的买卖式的婚姻，无知的凶残的配偶，愚暗的残酷的家庭的虐待或轻蔑，都在她们心上划上了深深的创痕。她们觉悟了，她们走了，摔掉了自己的家庭、配偶，甚至儿女。

不过她们的走，也不像剧本上那样自由自在，从容慷慨。在昏黑的天空底下，瞒住家庭，瞒住朋友，孤零零地提着简单的行李去赶车搭船，向生疏的遥远的外乡走去，不知有多少机会可以被发现，阻止，弄回去受那禁闭、鞭笞、讥笑等等羞辱。

走以前也许迟疑过，犹豫过；走以后也许后悔过；正走的时候，不用说，害怕，惊慌，提心吊胆，心情更是复杂。只要看看《白薇自传》跟白薇在《我与文学》上的表白，我们不难想象一个私逃的人的情景。至于她们所以采用逃的手段，无非说明那时候旧势力的强固，她们自己的力量薄弱，周围又没有能够实际帮助她们的什么；要跟家庭或配偶正面冲突起来，得到的不会是胜利，反是更大的迫害。无法之中的办法，只有这种消极的抵抗。谁知这种消极的抵抗，倒发生了积极的作用，她们的行为竟从婚姻问题、恋爱问题、家庭问题扩大开来，掀起法律、道德、经济、职业等等问题的浪潮，完成了那一时代的任务呢！

这是脚踏实地毫不夸张的"娜拉"。不必是什么英雄，自然完成了英雄的任务；不必有什么理想，自然合乎历史进展的法则。我们现在看来，她们的面貌像我们的姐姐妹妹一样熟悉；她们的性格、心情、思想像我们的密友一样容易了解；她们一点也不是戏剧上的人物，倒是我们现实生活中的朋友。

然而，"娜拉"的时代已经过去了，现在地主绅士的小姐的生活，已不像从前"娜拉"们所身受过的那样苦痛，不但住在大学的"东宫"或摩登的家庭，畅谈着婚姻、恋爱等问题的已大有人在，法律并且为她们增订或修改了不少的条文，都是从前"娜拉"们所未梦见的。从前的"娜拉"如果有现在这种优越的生活，又没有新的觉醒的话，也许会只穿穿最摩登的绒衣，看看张资平、张恨水的小说来消磨这有用的青春的吧。所以，与其说我们的"娜拉"都回到家庭去了或现在的女学生没有出息不能做"娜拉"，不如说现在地主绅士的小姐们的生活中已经不能产生"娜拉"，纵有"娜拉"，已不能引起大的注意，不算这一时代的代表的女性了。

新时代的女性，会以跟娜拉完全不同的姿态而出现。首先，就不一定是或简直不是地主绅士的小姐；所感到的痛苦又不仅是自己个人的生活；采用的战略，也不会是消极抵抗，更不会单人独骑就跑上战线。作为群集中的一员，迈着英勇的脚步，为婉转在现实生活的高压之下的全体的女性跟男性而战斗的，是我们现在的女英雄。这些女英雄，也许现在还是些无名的人物，也还没有到写新的《白薇自传》的时候；为了表现这种英雄，我们需要新时代的"易卜生"。

为我们的女英雄祝福！为新时代的"易卜生"祝福！

一九三五年一月廿七日

（选自《聂绀弩杂文集》，生活·读书·新知三联书店，1981年版）

"确系处女小学亦可"

聂绀弩

从报上看到一条"征求伴侣"的广告：

> 某君……家道小康生活独立收入甚丰因中年乏嗣拟征
> 十六岁至二十二岁……品貌秀丽肤白体健性情温和中学程
> 度未婚女性为伴侣确系处女小学亦可……愿者函寄最近全
> 身像片……或临……面谈

大概因为是战时吧，女孩子们流落在外面的很多，而出路
则比平时更少，就是结婚，说不定更困难。既已生为男性，纵
然没有任何可取之处，只要说声"征求伴侣"，也会有许多女孩
子们争先恐后，来夺这光荣的锦标的吧；何况年仅"中年""家
道小康""收入甚丰"，条件实在优厚得很。如果我具有这样好
的条件，一定还要在"亲临""面谈"之后，加上这样的话语：

"随缴报名费若干元，落第不退"！

也大概因为是战时，故乡沦陷，失家失学失业，以致贫无立锥的人很多，幸而无灾无难，保持"家道小康""收入甚丰"的原状，正该大可骄傲，为所欲为。所以已到"中年"，并非无妻（广告中仅称乏嗣）的男性，也就可以挑选女孩子们的年龄、品貌、体格、肤色、性情、学历，而最重要的是处女膜的有无——谁叫她们长着一种容易破损而又不会再有的怪东西的呢！

仍旧因为是战时，兽兵所到的地方，很难留下贞洁的女性，虽然他们也许像猪八戒吃人参果一样，无暇分辨处女与非处女之间的区别。流落在外，贫无立锥，刚要成年的女孩子们，没有生活技能，或者反而挑着养活父母兄弟的千斤担子，当卖香烟擦皮鞋嫌年纪大，作缝穷妇又嫌年纪小之际，说不定真有顾不到"饿死事小，失节事大"的古训的时候，这样说来，虽无统计，说现在的处女的数量比平时少，不见得会有什么毛病。处女少，就是风化不良，于世道人心影响甚大；忧国之士，正应乘时奋起，用种种方法，力挽狂澜。而最好的方法之一，就是"征求伴侣"的时候，非处女不录，使那些黄毛丫头们瞻顾前途，不能不有戒心。瞧"确系处女，小学亦可"，是何等笃爱真才，关心世道，而不惜自我牺牲的伟大精神！

好久以来，我总以为像《杂事秘辛》描写的检视女性身体的那种苛细程度，是过去的事；《闲情偶寄》上所说的"美人四肢百骸，无不为人而生"；"妻妾者人中之榻"，是过去的女性观；从这广告看来，才知道自己的见解，错误得可怕。"收入甚丰"之类，自然非同小可，但比之于"富有四海，贵为天子"的人来，还是相去甚远的。"收入甚丰"就可如此地苛求年龄、品貌、肤色乃至处女膜的有无；《杂事秘辛》上的检视法，未免太马虎了。为什么要检视，为什么要挑选呢？自然是因为"美人四肢百骸，无不为人而生""妻妾者人中之榻"也。

我不想发女孩子读书无用，不如好好保护处女膜之类的感慨；也并不替当选的"伴侣"担心：几年之后，"某君"仍旧"乏嗣"，会有怎样的结局。只怀疑一件事，"小学"而不"确系处女"，"体验"出来了之后又将如何办理？

另外还有一点不愉快的想法：我以为这样广告出来，倒不失为一种天真的自白，不登广告而在暗中实行，虽不"征求伴侣"也抱着一样见解的人，今天恐怕还太多。这是一件使人还不能尽情地歌颂我们的时代的事。

一九四〇年九月十八日

（选自《聂绀弩杂文集》，生活·读书·新知三联书店，1981年版）

三八节有感

丁　玲

　　"妇女"这两个字，将在什么时代才不被重视，不需要特别的被提出呢？

　　年年都有这一天。每年在这一天的时候，几乎是全世界的地方都开着会，检阅着她们的队伍。延安虽说这两年不如前年热闹，但似乎总有几个人在那里忙着。而且一定有大会，有演说的，有通电，有文章发表。

　　延安的妇女是比中国其他地方的妇女幸福的。甚至有很多人都在嫉羡的说："为什么小米把女同志吃得那么红胖？"女同志在医院，在休养所，在门诊部都占着很大的比例，却似乎并没有使人惊奇。然而延安的女同志却不能免除那种幸运：不管在什么场合都最能作为有兴趣的问题被谈起。而且各种各样的女同志都可以得到她应得的非议。这些责难似乎都是严重而确当的。

女同志的结婚永远使人注意，而不会使人满意的。她们不能同一个男同志比较接近，更不能同几个都接近。她们被画家们讽刺："一个科长也嫁了么？"诗人们也说："延安只有骑马的首长，没有艺术家的首长，艺术家在延安是找不到漂亮的情人的。"然而她们也在某种场合聆听着这样的训词："他妈的，瞧不起我们老干部，说是土包子，要不是我们土包子，你想来延安吃小米！"但女人总是要结婚的（不结婚更有罪恶，她将更多的被作为制造谣言的对象，永远被污蔑）。不是骑马的就是穿草鞋的，不是艺术家就是总务科长。她们都得生小孩。小孩也有各自的命运：有的被细羊毛线和花绒布包着，抱在保姆的怀里；有的被没有洗净的布片抱着，扔在床头啼哭，而妈妈和爸爸都在大嚼着孩子的津贴（每月二十五元，价值二斤半猪肉），要是没有这笔津贴，也许他们根本就尝不到肉味。然而女同志究竟应该嫁谁呢，事实是这样，被逼着带孩子的一定可以得到公开的讥讽："回到家庭了的娜拉。"而有着保姆的女同志，每一个星期可以有一天最卫生的交际舞。虽说在背地里也会有难比的诽语悄声的传播着，然而只要她走到那里，那里就会热闹，不管骑马的，穿草鞋的，总务科长，艺术家们的眼睛都会望着她。这同一切的理论都无关，同一切主义思想也无关，同一切开会演说也无关。然而这都是人人知道，人人不说，而且在做着的现实。

离婚的问题也是一样。大抵在结婚的时候，有三个条件是必须注意到的。一、政治上纯洁不纯洁；二、年龄相貌差不多；三、彼此有无帮助。虽说这三个条件几乎是人人具备（公开的汉奸这里是没有的。而所谓帮助也可以说到鞋袜的缝补，甚至女性的安慰），但却一定堂皇地考虑到。而离婚的口实，一定是女同志的落后。我是最以为一个女人自己不进步而还要拖住她的丈夫为可耻的，可是让我们看一看她们是如何落后的。她们在没有结婚前都抱着有凌云的志向，和刻苦的斗争生活，她们在生理的要求和"彼此帮助"的蜜语之下结婚了，于是她们被逼着做了操劳的回到家庭的娜拉。她们也惟恐有"落后"的危险，她们四方奔走，厚颜的要求托儿所收留她们的孩子，要求刮子宫，宁肯受一切处分而不得不冒着生命的危险悄悄地去吃着堕胎的药。而她们听着这样的回答："带孩子不是工作吗？你们只贪图舒服，好高骛远，你们到底做过一些什么了不起的政治工作？既然这样怕生孩子，生了又不肯负责，谁叫你们结婚呢？"于是她们不能免除"落后"的命运。一个有了工作能力的女人，而还能牺牲自己的事业去作为一个贤妻良母的时候，未始不被人所歌颂，但在十多年之后，她必然也逃不出"落后"的悲剧。即使在今天以我一个女人去看，这些"落后"分子，也实在不是一个可爱的女人。她们的皮肤在开始有褶皱，头发在稀少，生活的疲惫夺去她们最后的一点爱娇。她们处于这样的悲运，似乎是很自然的。但在旧的社会里，她们或许会被称为可怜，薄命，然而在今天，却是自作孽，活该。不是听说法律上还在争论着离婚只须一方提出，或者必须双方同意的问题么？离婚大约多半都是男子提出的，假如是女人，那一定有更不道德的事，那完全该女人受诅咒。

我自己是女人，我会比别人更懂得女人的缺点，但我却更懂得女人的痛苦。她们不会是超时代的，不会是理想的，她们不是铁打的。她们抵抗不了社会一切的诱惑，和无声的压迫，她们每人都有一部血泪史，都有过崇高的感情（不管是升起的或沉落的，不管有幸与不幸，不管仍在孤苦奋斗或卷入庸俗）。这在对于来到延安的女同志说来更不冤枉，所以我是拿着很大的宽容来看一切沦为女犯的人的。而且我更希望男子们，尤其是有地位的男子，和女人本身都把这些女人的过错看得与社会有联系些。少发空议论，多谈实际的问题，使理论与实际不脱节，在每个共产党员的修身上都对自己负责些就好了。

然而我们也不能不对女同志们，尤其是在延安的女同志有些小小的企望。而且勉励着自己，勉励着友好。

世界上从没有无能的人，有资格去获取一切的。所以女人要取得平等，得首先强己。我不必说大家都懂的。而且，一定在今天会有人演说的："首先取得我们的政权"的大话。我只说作为一个阵线中的一员（无产阶级也好，抗战也好，妇女也好），每天所必须注意的事项。

第一，不要让自己生病。无节制的生活，有时会觉得浪漫，有诗感，可爱，然而对今天环境不适宜。没有一个人能比你自己还会爱你的生命些。没有什么东西比今天失去健康更不幸些。只有它同你最亲近，好好注意它，爱护它。

第二，使自己愉快。只有愉快里面才有青春，才有活力，才觉得生命饱满，才觉得能担受一切磨难，才有前途，才有享受。这种愉快不是生活的满足，而是生活的战斗和进取。所以必须每天都做点有意义的工作，都必须读点书，都能有东西给别人，游惰只使人感到生命的空白，疲软，枯萎。

第三，用脑子。最好养成为一种习惯。改正不作思索、随波逐流的毛病。每说一句话，每做一件事，最好想想这话是否正确，这事是否处理的得当，不违背自己做人的原则，是否自己可以负责。只有这样才不会有后悔。这就是叫通过理性；这，才不会上当，被一切甜蜜所蒙蔽，被小利所诱，才不会浪费热情，浪费生命，而免除烦恼。

第四，下吃苦的决心，坚持到底。生为现代的有觉悟的女人，就要有认定牺牲一切蔷薇色的温柔的梦幻。幸福是暴风雨中的搏斗，而不是在月下弹琴，花前吟诗。假如没有最大的决心，一定会在中途停歇下来。不悲苦，即堕落。而这种支持下去的力量却必须在"有恒"中来养成。没有大的抱负的人是难于有这种不贪便宜，不图舒服的坚忍的。而这种抱负只有真正为人类，而非为己的人才会有。

三八节清晨

附及：文章已经写完了，自己再重看一次，觉得关于企望的地方，还有很多意见，但因为发稿时间有限，也不能整理了。不过又有这样的感觉，觉得有些话假如是一个首长在大会中说来，或许有人认为痛快。然而却写在一个女人的笔底下，是很可以取消的。但既然写了就仍旧给那些有同感的人看看吧。

（载1942年3月9日《解放日报》副刊《文艺》第九十八期）

论娼妓

聂绀弩

· 一

娼妓是恶之花。生长于恶的土壤之上，吸收的阳光、水分、空气，无一而非恶，人类的恶，制度使人变成恶的恶呀！只有她自身至少不是恶，如果不可径说是善。

这花，也有古老的名字：火坑莲。莲者，"出污泥而不染"者也。

· 二

娼妓是淫荡者？不！娼妓是不被允许有节操的圣洁者。没有谁像娼妓一样从心底憎恨性行为，以它为羞辱，为苦痛，为灾难，而无法摆脱。

无论怎样纯贞的情侣，无论怎样贞淑的夫妇，一当他们在一起的时候，都太猥亵了！

一切人的性行为都有淫荡成分，惟娼妓则否。

娼妓是风化的妨害者？不！是被风化妨害者。正因为有所谓风化，有人要维持风化，所以另一方面不能不有娼妓。娼妓是社会秩序、幸福家庭的破坏者？不！是被社会秩序、幸福家庭所坑陷者。正因为有所谓社会秩序、幸福家庭，有人要维持这秩序，这家庭，所以另一方面就不能不有娼妓。假如现社会的其他条件不变，只要没有娼妓，至少在都市上，必会更多奸淫，更多情死，更多谋杀。会不会还有风化或幸福家庭，是可疑的；社会秩序的尊严，是可疑的！

娼妓是病毒的传播者？不！娼妓是法定的病毒的吸收者。在一切人之中，再没有如此宿命地以身殉病的了。

• 三

娼妓是文明的怀疑者。她用自己的存在，证明这文明包含有人身买卖与性的买卖。

娼妓是人性的怀疑者，有人买她，有人卖她；谁买，谁卖；如何买，如何卖；她知道得很清楚。

娼妓是父母的怀疑者，尤其是父慈母爱之类的说词的怀疑者。她也是父母的女儿啊！她们中间，很多是被父母卖掉或被父母逼迫的。假如她们能够不卖掉或逼迫她们，现在也许正在炫示他们的"养育之恩"咧！

娼妓是妇德——贞操之类的怀疑者。一切没有成为娼妓的妇女，是因为她们可以不成为娼妓。她如果也可以不成为娼妓，她早就不是娼妓了。

同时，也是庄严的男性的怀疑者。他们中间自然没有娼妓，那是因为他们不能成为娼妓的缘故。但安知没有自恨不能成为娼妓者？

· 四

再没有像娼妓的品德这样无可非难的了。

她卖弄风骚？她应该卖弄风骚！她迎新送旧？她应该迎新送旧！她搽胭抹粉，奇装异服？她应该搽胭抹粉，奇装异服！她花言巧语，虚情假意？她应该花言巧语，虚情假意！她……？她应该……！

一切都是职业规定的。

倒是附庸风雅的薛涛，桴鼓助战的梁红玉，却未免多事。但也证明了一事，即娼妓何事不如人——她们中间不也有才女贤妻么——而竟沦为娼妓！但也无须证明，雅典的娼妓本来都是女智识者。

但非职业的娼妓，无论男女，哪怕只具有那品德的一枝一叶，都是可耻的。而且人们怎样会具有那种品德呢？从娼妓学去的么？如非其人在娼妓之下，何至以娼妓为师？不是从娼妓学去的么？足见那种品德非娼妓所独有。

· 五

为什么有男女？为什么只有女性才能做娼妓？为什么有娼妓制度？

如果是自然的划分，自然是错误的！如果是历史的演化，历史是错误的！如果是社会的促成，社会是错误的！

娼妓是为这一切错误而牺牲的受难者！

· 六

最需要帮助而最无助，最需要得救而最无自救能力的是娼妓。

在一切不幸者中间，娼妓将是最后的得救者！

· 七

向娼妓骄傲吧，轻视她，唾弃她，践踏她吧！一切人间的幸运儿们！

（选自《聂绀弩杂文集》，生活·读书·新知三联书店，1981年版）

论武大郎

聂绀弩

· 上

武大郎安分守己，勤勉而良善，顺从他的妻子，友爱他的弟弟，和邻居们从不发生什么纠葛，是好人和良民的标本。然而他的老婆被人奸占了，他的性命断送在奸夫淫妇（这只是法律上的名词吧，但此处正用得着！）和"马泊六"手里了！岂但如此，还落下一个"王八"之名，千百年下，好开玩笑的常用他的名字作揶揄别人的用语，好像他不是好人和良民的标本，反是王八的标本！这是怎样一个不问是非，不分青红皂白的世界呀！又是怎样一些不问是非，不分青红皂白的人们！活在这样的世界上和人们中间，用胡风先生的话说，就是"在混乱里面"！

请问：他犯了什么罪，应该得到这样的结果？

他矮。这是他的错么？晏平仲也矮，为什么没有得到同样的结果？王矮虎也矮，为什么不但不失掉老婆，反而得到老婆呢？

他样子不漂亮。这又是他的错么？"不意天壤之间竟有王郎"，这是晋朝一位阔太太讲的话。那位王郎，样子就不漂亮，虽然不能可太太之意，也没有得到武大郎的结果呀！

他没有学问。但西门庆又有什么学问呢？最没有学问的莫过于晋惠帝（？），他说："天下饥，何不食肉糜？"但还做皇帝咧！

他的老婆太好看了。笑话，西门庆有六个"房下"，一个赛似一个地好看，他的老婆不过其中之一。

他穷。对了，他穷。但颜回也穷，"一箪食，一瓢饮，在陋巷"；原宪也穷，"捉襟则肘见，纳履则踵决"；黔娄也穷，"夫妇对泣于牛衣中"，穷人实在太多了！

他卖炊饼。当然，他卖炊饼。但炊饼这东西到处都有，也就是到处都有卖炊饼的。难道人人都像武大郎那样结局么？

这些原因，分开来，一个也搔不着痒处；但合起来，武大郎就死于非命了。

武大郎穷，卖炊饼，这不是什么高尚职业；在旧世界，凡靠体力劳动吃饭的，都不高尚。一表非凡地不像样子，贫穷和低微的世袭者又怎么会像样子呢？大概没有读书，像他这样地位的穷人大都很少机会读书的。从优生学（一名淑种学或遗传学）的立场说，是一种愚劣的人类，根本没有传种的资格，不应该有老婆。我想潘光旦教授一定会同意。这决不苛刻，为学术，为人类，为种族，为国家，为人民，都有这必要。而最必要的还是他自己。假如没有老婆，他就不会惨死！也许有人怀疑，断子绝孙的阿Q也没有老婆，为什么也惨死了呢？这不同。阿Q偷人家的东西，又想革命；我们的武大郎却不那样。再说，阿Q也不算惨死，是国家拿去明正典刑了的，死而与国家有关，怎么算惨呢？但优生学恐怕也真有一个缺点：天下固然有许多愚劣的男性，不应该讨老婆；另一面是不是也有许多愚劣的女性，不应该嫁人呢？如果有，不嫁不娶，自然最理想；问题是那些愚劣的两手两脚的禽兽，既然愚劣，当然不懂得学术，也不懂得为人类，为种族，甚至为他们或她们自己的这种替天行道，参天地之化育的学者：圣贤，思想家们的苦心孤诣。如果禁止他们和她们之间的嫁娶，一到春机发动期，他们和她们就会按捺不住，乱来一回，不但于安宁秩序，说不定于国际观瞻都会有损。庄严神圣的优生学，至少在"为国家"这点上，还未达到完善周密之境。放宽尺度吧！在国家面前，学术多少让点步，就准许那些狗男女们去如此如此吧！但须有个限制：愚劣的男性只能跟愚劣的女性配合！真的，武大郎如果讨一个粗脚大手，笨嘴笨舌，有水牛般力气，帮她的丈夫挑水，砍柴，生火，和面，挑着担子到街上喊："热炊饼呵！"那才真是天生一对，地造一双，龙配龙，凤配凤，一定会夫唱妇随，白头偕老的。然而幸乎不幸乎，不幸乎幸乎，他的老婆却是那如花似玉，千娇百媚的潘金莲，于是，"天下从此多事矣"！诗曰："骏马每驮痴汉走，巧妻常伴拙夫眠，世间多少不平事，不会作天莫作天！"多少高贵人家，三妻四妾，粉白黛绿，争妍取怜，谁也不哼一声；西门大官人就是现成的例子。贫贱人只讨了一个老婆，那老婆也没有别的什么，不过模样儿长得好看一点罢了，天下之人就如此愤愤不平，好像一定要他和她分散拆开，最好叫那"巧妻"陪他——有位作诗的"巧夫"眠眠，这才天公地道，心满意足。有道是："千夫所指，无疾而死。"武大郎就死在这"千夫"的"指"里！人，只要有钱，有地位，堂堂一表，不管怎样为非作歹，卑污贫贱，坏得像西门庆，或者还坏十倍百倍，只要不把番僧的药吃得太多，都可安享天年，生荣死哀。贫贱丑陋，不管如何良善，如何爱妻友弟睦邻，不损人，不利己，只靠自己的劳力养活自己和家人；别的不说，就是老婆好看一件事，也可以死于非命。这似乎太不像人间，的确是事实，武大郎的结局，是个有力的证据。

· 中

有这样的意见么？武大郎不过小说上的一个不重要的人物，那事件也不过是一件偶然的事件，用不着据以愤世嫉俗。

我决不愤世嫉俗，但也决不停止把旧世界的真情实态指示给你。

不错，武大郎是个小说上的人物，但为什么一定不重要呢？世界上最可贵的是这种人，最多的也是这种人，不声不响，忍辱含垢，克勤克俭，用劳力养活自己，养活家人，同时也养活全世界。没有这种人就没有世界，为什么不重要？——别乱扯了！我是说在小说上，他不占重要地位！——你这样说，为什么？《水浒》可以没有他么？《金瓶梅》可以没有他么？没有我聂绀弩，《大公园》还是《大公园》，《野草》还是《野草》，文坛还是文坛，世界更还是世界；但没有武大郎，想想看，《水浒》就不成其为《水浒》，《金瓶梅》更不成其为《金瓶梅》了。他在小说上的地位比你我在这现实社会占的地位重要得多。

其次，那事件为什么是偶然的呢！他姓武行大，偶然；他的老婆叫潘金莲，偶然；那奸夫名叫西门庆，更偶然。但像他这样地位的人，有了好看的老婆，不能保住，甚至性命也要赔上，这件事却决不偶然。

我是在一个小城市里生长的，那城里的事情有许多我都熟悉。跟别处一样，那里也有生得好看的女的，大都是有钱有势（就那小地方而言）人家的小姐，经过某种手续之后，变为少奶奶、奶奶、太太。她们不一定没有艳史韵事，但与我们的问题无关，且不谈它。低三下四的穷家小户，比如差人（司法警察）、打渔佬、裁缝、厨子、皮匠、剃头佬、武大郎的同行等等，女的常常不好看。人果有好看的，不管是老婆也好，女儿也好，首先就一定偷人；不偷的只算是例外。偷同等地位的不是没有，多数却是偷那些有钱有势人家的少爷或店铺老板。其次是逐渐把偷偷摸摸的事变为公然；再就是变为职业，原来的职业反变为副业，或者根本放弃。我们那儿，偷外面的妓院的那种东西是没有的，这一点比清河县差远了。因此把别人的妻女买来做摇钱树的事情也没有。如果有鸨母，那就是"姑娘"的真正母亲或婆婆，而龟头，大茶壶等等，又正是她的丈夫本人。听见过好几个这种传说：某人看见他的老婆了就发抖流汗，走拢去就头痛；某人跟老婆睡在一个床上就生病，单独睡就好；某人跟老婆睡，一夜你摸不着我，我摸不着你，像有一道墙隔住了；有缘千里能相会，无缘同床不能欢，顺理成章，底下是与其备而不用，又何不沾她一点光，图一条生财之道呢？这是摇钱树是老婆的场合，如果是女儿，则更简便，连传说也免了。姑娘们的结局有好几种：其一，嫁给外面来的文武官员做太太或姨太太。父母变为岳老太爷、岳老太太，兄弟变为舅老爷，荣耀之至！原来有丈夫也不要紧，花一笔钱，买一张"脱头"；这却比清河县文明多了，西门庆晓得用这办法，就会少欠一条命债，免掉许多麻烦！其二，嫁给本地的大好佬做姨太太（本地人讨姑娘做正印夫人的差不多没有），等太太归天了扶正；其全家光荣同上。其三以下不必说，不嫁或不幸短命死矣的也多。说清楚了没有？穷家小户的美人儿，总是老爷、少爷、先生、老板们宠幸的对象，或者共同宠幸，或者独自宠幸，例外几乎没有。要不要补充一句傻话？大户人家的太太、奶奶、少奶奶、小姐，前面说过，不是没有韵事，甚至偷和尚的都有；但偷差人、裁缝、厨子，终于向丈夫买了脱头，改嫁给差人之类的，信不信由你，连半个也没有！沈从文先生曾写过一个故事——《爱欲》：一个皇后，私奔一个没有腿的乞丐，每天用车子推着那乞丐在街上讨饭。那皇后决不是我们那里的人！

岂止我们那儿，在旧世界里，什么地方，什么时候，不是这样？请想想《复活》的女主角吧，想想《大卫·高柏菲尔》里面的小爱米雷吧！想想《金瓶梅》里面的春梅、宋蕙莲、王六儿、贲四嫂、如意儿、李娇儿、郑爱月吧！想想《红楼梦》里香菱、平儿、尤二姐、多姑娘、袭人、柳五儿吧！想想《海上花》《花月痕》吧，想想《日出》和《雷雨》吧！真是数不尽的千千万，说不清的万万千；无论怎样的美人儿只要出身寒微，结果都一样：不是西门大官人之流的"房下"，就是外室，再不就变为妓女、女伶、交际花、舞女、女招待、女擦背、女向导，伺候大官人们。

武大郎的老婆被奸淫被占去，是偶然的？

旧世界的强盗、痞棍、恶鬼们，什么都要抢到手里，权力、名位、高楼大厦、绮罗纹锦、珍馐美味、黄金、外钞，一切一切，而最别致的一种东西（是的，东西，这里决没有修辞上的毛病），便是美人——这似乎有点侮辱女性，但无法，事实如此！我愿女性们也跟我们一道想想这怪事，在抢的过程中，少不了有些牺牲者，牺牲的样式又名目繁多，武大郎不过是其中之一。

· 下

婚姻应该以爱情为基础。没有爱情的婚姻，哪怕只是片面没有，也不应该存在。潘金莲不爱武大郎，爱西门庆，除了从封建道德的立场看，她没有错。她的本意，不过通通奸，调剂调剂生活的枯窘，后来因为武松的巨影威胁她，这才一不做，二不休，置武大郎于死地，终于自己也被杀掉。我们也许应该同情武大郎，但从旧世界的妇女生活的无边黑暗这一点看来，潘金莲是不是也值得寄与若干同情呢？

问题不在这里！问题在：你所说的应作为婚姻的基础的爱情，究竟是一种什么东西？爱情，不错，应该有它的崇高，圣洁，使人勇敢，使人趋向战斗的一面；但同时也有卑贱，丑恶，甚至渴血的一面。我们虽然不赞美用自己的血灌溉爱情的人，但有时也无法吝惜一掬同情之泪；至于倚仗恶势力，拿别人的血来培养自己的爱情，无论是什么威胁着她，都是可恨可耻的，纵然是无知到像潘金莲，也无法饶恕；除非由于战斗，在战场上流了敌人的血。因此潘金莲与人通奸，犹可恕也；像我们那里的姑娘买了"脱头"抱琵琶上别船去，犹可恕也。这自然也使人痛苦，但痛苦究竟不是直接的血；直接流人家的血，是又当别论的。

但问题还不在这里。问题在：潘金莲这种人的爱情，永远无例外地向着西门庆，永远无例外地不向着武大郎。当然，武大郎穷，社会地位又低，样子又丑，人又老实，不会，也没有功夫温存老婆，有什么可爱呢？至于西门大官人，那太不相同了，怎样的一表人才，怎样的一身穿着，怎样的一派谈吐，怎样的知情解趣呀！"潘驴邓小闲"，尽管还有一些并非一望而知的，但只就可以一望而知的几点说，也多么足以使人一见倾心，相见恨晚，情甘意得，死心塌地呀！

高尔基著的《二十六个与一个》，写二十六个起码面包师同时以一个少年女工为偶像，献给她无上纯洁的爱情。但那女工没有把她的爱情施与给二十六个中的任何一个，虽然每晨都来接受他们的走私的面包的供养——那面包里面有二十六颗心，她却一点也不觉得。另外一个较为高级的面包师，是一个流氓、大兵式的女性玩弄者，只把嘴向她一挑，她就纵身入抱了。

也许这还不够明显。莫泊桑的《莫南那公猪》，写一个小贩莫南在一次夜火车上邂逅了一位高贵的小姐，恰巧车厢里只有他们两个。那位小姐对莫南自然睬也没有睬。莫南这不揣冒昧的癞虾蟆却在旁贪馋地望那小姐，越望越爱，越爱越望，竟自己也莫名其妙地跪在那小姐面前了，活像阿Q之于吴妈。以下怎样呢？小姐大声呼救，惊动了别的车厢里的乘客和车上的警察，把小姐护送回家，莫南带到局里去问罪——他从此得到一个绰号："公猪。"即专门传种的那种"公猪"；用《金瓶梅》上的话说，就是"属皮匠的——缝（逢）着就上"。消息传出去之后，小姐也成了名人，常有新闻记者来拜访，一个年轻绅士（小说中的"我"）跟一个记者也来了。小姐和她的父亲一同出来招待，父亲陪记者，小姐陪绅士，都谈得十分入港。天晚了，两位远客留在她家住宿（这人家是乡下）；半夜，绅士去敲小姐的房门。"谁？""我。""做什么？""借本书看看。"门开开，绅士进去，她就献出了她的"书"的任何一个篇页！这是什么意思？这是说：爱情，那小姐的爱情，对于一个小贩，隔着山，隔着海，隔着铜墙铁壁；对于绅士，连空气也不隔！

想想简爱（《简·爱》）吧，她知道她的主人爱她的时候，她是怎样的衷心感激！想想贾瑞（《红楼梦》）吧，王熙凤对他是怎样残忍！想想宋蕙莲（《金瓶梅》），一被西门庆宠幸，是如何志得意满，趾高气扬！想想春梅（同上），对她的音乐老师李铭——勾栏里的王八，是如何"正色闲邪"，凛若冰霜！爱情，至少，在某些女性那里，是长着一双势利眼的！不错，潘金莲也爱过武松，那只能比之于梁红玉的爱韩世忠，识英雄于未遇时，料定或认为他将来会不错；武松其实是现在也不错，在碰到西门庆之前，他是无可比拟的。因之，仍旧含有势利的成分。

婚姻应以"爱情为基础"，这是一句好话。但在旧世界，在有着西门大官人和武大郎的分别，有着贫富贵贱的分别，你怕不怕吓人的字眼，有着阶级的分别的旧世界，爱情本身，这里专就女性方面说，永远长着势利眼。蛟龙不是池中物，美人儿绝不是贫贱人的被窝盖得住的，除非女性自己有了觉悟。

历史上有一个女词人朱淑贞，她的名句是"月上柳梢头，人约黄昏后"，嫁给一个木匠了，我们同情她；《西青散记》上有一个才女双卿，她的名句是"春容不是，秋容不是，可是（怜）双卿！"嫁给一个农夫了，我们又同情她！为什么呢？这样的美人佳人，本应该嫁给达官贵人英雄名士，今竟为贫贱的工农所有，未免太委屈了！关于潘金莲，欧阳予倩曾辩护于前，我在《论怕老婆》一文里也说她遇人不淑。这些意见，也许并非全无道理，但除了为既得利益阶级服务以外，毫无其他作用！而且如果朱淑贞、双卿、潘金莲值得同情，为什么她们的丈夫，讨了"人约黄昏后"的老婆的丈夫，尤其是惨死的武大郎，反而是不值得同情的？

亲爱的哟，把你的观念改变过来！

一九四八年九月廿九日，香港

（选自《聂绀弩杂文集》，生活·读书·新知三联书店，1981年版）

女人的禁忌

周作人

　　小时候在家里常见墙壁上贴有红纸条，上面恭楷写着一行字云，姜太公神位在此，百无禁忌。还有历本，那时称为时宪书的，在书面上也总有题字云，夜观无忌，或者有人再加上一句，日看有喜，那不过是去凑成一个对子，别无什么用意的。由此看来，可以知道中国的禁忌是多得很，虽然为什么夜间看不得历本，这个理由我至今还不明白。禁忌中间最重要的是关于死，人间最大的凶事，这意思极容易理解。对于死的畏怖避忌，大抵是人同此心，心同此理，种种风俗仪式虽尽多奇形怪状，根本并无多少不同，若要列举，固是更仆难尽，亦属无此必要。我觉得比较有点特别的，是信奉神佛的老太婆们所奉行的暗房制度。凡是新近有人死亡的房间名为暗房，在满一个月的期间内，吃素念佛的老太太都是不肯进去的，进暗房有什么不好，我未曾领教，推想起来大抵是触了秽，不能走近神前去的缘故吧。期间定为一个月，唯理的说法是长短适中，但是宗教上的意义或者还是在于月之圆缺一周，除旧复新，也是自然的一个段落。又其区域完全以房间计算，最重要的是那条门槛，往往有老太太往丧家吊唁，站在房门口，把头伸进去对人家说话，只要脚不跨进门槛里就行了。这是就普通人家而言，可以如此划分界限，若在公共地方，有如城隍庙，说不定会有乞丐倒毙于廊下，那时候是怎么算法，可是不曾知道。平常通称暗房，为得要说的清楚，这就该正名为白暗房，因为此外还有红暗房在也。

红暗房是什么呢。这就是新近有过生产的产房，以及新婚的新房。因为性质是属于喜事方面的，故称之曰红，但其为暗房则与白的全是一样，或者在老太婆们要看得更为严重亦未可知。这是仪式方面的事，在神话的亦即是神学的方面是怎么说，有如何的根据呢。老太婆没有什么学问，虽是在念经，念的都是些《高王经》《心经》之类，里边不曾讲到这种问题，可是所听的宝卷很多，宝卷即是传，所以这根据乃是出于传而非出于经的。最好的例是《刘香宝卷》，是那暗淡的中国女人佛教人生观的教本，卷上记刘香女的老师真空尼的说法，具说女人在礼教以及宗教下所受一切痛苦，有云：

"男女之别，竟差五百劫之分，男为七宝金身，女为五漏之体。嫁了丈夫，一世被他拘管，百般苦乐由他作主。既成夫妇，必有生育之苦，难免血水触犯三光之罪。"其韵语部分中有这样的几行，说的颇为具体，如云：

生男育女秽天地，血裙秽洗犯河神。

又云：

生产时，血秽污，河边洗净，
水煎茶，供佛神，罪孽非轻。
对日光，晒血裙，罪见天神。
三个月，血孩儿，秽触神明。

老太婆们是没有学问的，她们所依据的贤传自然也就不大高明，
所说的话未免浅薄，有点近于形而下的，未必真能说得出这些
禁忌的本意。原来总是有形而上意义的，简单地说一句，可以
称为对于生殖机能之敬畏吧。我们借王右军兰亭序的话来感叹
一下，死生亦大矣。不但是死的问题，关于生的一切现象，想
起来都有点神秘，至于生殖，虽然现代的学问给予我们许多说
明，自单细胞生物起头，由蚯蚓蛙鸡狗以至人类，性知识可以
明白了，不过说到底即以为自然如此，亦就仍不免含有神秘的
意味。古代的人，生于现代而知识同于古代人的，即所谓野蛮
各民族，各地的老太婆们及其徒众，惊异自不必说，凡神秘的
东西总是可尊而又可怕，上边说敬畏便是这个意思。我们中国

大概是宗教情绪比较的薄，所感觉的只是近理的对于神明的触犯，这有如《旧约·创世纪》中所记，耶和华上帝对女人夏娃说，我必多多加增你怀胎的苦楚，你生产儿女必受苦楚，因为她听了蛇的话偷吃苹果，违犯了上帝的命令。这里耶和华是人形化的神明，因了不高兴而行罚，是人情所能懂的，并无什么神秘的意思，如《利未记》所说便不相同了。第十二章记耶和华叫摩西晓喻以色列人云：

"若有妇人怀孕生男孩，她就不洁净七天，像在月经污秽的日子不洁净一样。妇人在产血不洁之中要家居三十三天，她洁净的日子未满，不可摸圣物，也不可进入圣所。她若生女孩，就不洁净两个七天，像污秽的时候一样，要在产血不洁之中家居六十六天。"又第十五章云：

"女人行经必污秽七天，凡摸她的必不洁净到晚上。女人在污秽之中，凡她所躺的物件都为不洁净，所坐的物件也都不洁净。凡摸她床的必不洁净到晚上，并要洗衣服，用水洗澡。凡摸她所坐什么物件的必不洁净到晚上，并要洗衣服，用水洗澡。在女人的床上或在她坐的物上，若有别的物件，人一摸了，必不洁净到晚上。"这里可以注意的有两点，其一是污秽的传染性，其二是污秽的毒害之能动性。第一点大家都知道，无须解释，第二点却颇特别，如本章下文所云：

"你们要这样使以色列人与他们的污秽隔绝，免得他们玷污我的帐幕，就因自己的污秽死亡。"这里明说他们污秽的人并不因为玷污耶和华的帐幕而被罚，乃将因了自己的污秽而灭亡，这污秽自具有其破坏力，但因什么机缘而自然暴发起来。在现代人看来，这仿佛与电气最相像，大家知道电力是伟大的一件东西，却有极大危险性，须用种种方法和它隔绝才保得完全。生命力与电，这个比较来得恰好，此外要另找一个例子倒还不大容易。污秽自然有许多是由嫌恶而来的，但是关于生命力特别是关系女人的问题，都是属于敬畏的一面，所谓不净实是指一种威力，一不小心就会得被压倒，俗语云晦气是也，这总是物理的，后来物质的意义增加上去，据我看来毫不重要。福庆居士所著《燕郊集》中有一篇小文，题曰"性与不净"，记一故事云：

"就有人讲笑话。我家有一亲戚，是一大官，他偶如厕，忽见有女先在，愕然是不必说，却因此传以为笑。笑笑也不要紧，他却别有所恨。恨到有点出奇，其实并不。这是一种晦气。苏州人所谓勿识头，要妨他将来福命的。"文章写得很干净，可以当作好例，其他古今中外的资料虽尚不乏，只可且暂割爱矣。

寒斋有一册西文书，是芬特莱医生所著，名曰《分娩闲话》，这"闲话"二字系用南方通行的意思，未必有闲，只是讲话而已。第二章题云"禁制"，内分行经、结婚、怀孕、分娩四项，绘图列说，讲得很有意义，想介绍一点出来，所以起手来写这篇文章，不料说到这里想要摘抄，又不知道怎么选择才好。各民族的奇异风俗原是不少，大概也是大同小异，上边有希伯来人的几条可以为例，也不必再来赘述，反正就是对于生殖之神秘表示敬畏之意而已。倒是在茀来若博士的《金枝》节本中，第六十章说及隔离不洁净的妇女的用意，可供我们参考，节译其大意于下。使她不至于于人有害，如用电学的术语，其方法即是绝缘。这种办法其实为她自己，同时为别人的安全。因为假如她违背了规定的办法，她就得受害，例如苏噜女子在月经初来时给日光照着，她将干枯成为一副骷髅。总之那时女人似被看作具有一种强大的力，这力若不是限制在一定范围之内，她会得毁灭她自己以及一切和她接触的东西。为了一切有关的人物之安全，把这力拘束起来，这即是此类禁忌的目的。这个说法也可用以解释对于神王与巫师的同类禁例。女人的所谓不洁净与圣人的神圣，由原始民族想来，实质上并没有什么分别。这都不过是同一神秘的力之不同的表现，正如凡力一样，在本身非善非恶，但只看如何应用，乃成为有益或有害耳。这样看来，最初的意思是并无恶意的，虽然在受者不免感到困难，后来文化渐进，那些圣人们设法摆脱拘束，充分地保留旧有的神圣，去掉了不便不利的禁忌，但是妇女则无此幸运，一直被禁忌着下来，而时移世变，神秘既视为不洁净，敬畏也遂转成嫌恶了。这是世界女性共同的不幸，初不限于一地，中国只是其一分子而已。中国的情形本来比较别的民族都要好一点，因为宗教势力比较薄弱，其对于女人的轻视大概从礼教出来，只以理论或经验为本，和出于宗教信念者自有不同。例如《礼纬》云，夫为妻纲，此是理论而以男性主权为本，若在现代社会非夫妇共同劳作不能维持家庭生活，则理论渐难以实行。又《论语》云，唯女子小人为难养也，近之则不逊，远之则怨，此以经验为本者也，如不逊与怨的情形不存在，此语自然作为无效，即或不然，此亦只是一种抱怨之词，被说为难养，于女子小人亦实无什么大损害也。宗教上的污秽观大抵受佛教影响为多，却不甚彻底，又落下成为民间迷信，如无妇女自己为之支持，本来势力自可渐衰，此则在于民间教育普及，知识提高，而一般青年男女之努力尤为重要。鄙人昔日曾为戏言，在清朝中国男子皆剃头成为半边和尚，女人裹两脚为粽子形，他们固亦有恋爱，但如以此形象演出《西厢》《牡丹亭》，则观者当忍俊不禁，其不转化为喜剧的几希。现在大家看美国式电影，走狐舞步，形式一新矣，或已适宜于恋爱剧上出现，若是请来到我们所说的阵地上来帮忙，恐预备未充足，尚未能胜任愉快耳。民国甲申年末，于北京东郭书塾。

（选自《立春以前》，上海太平书局，1945年版）

谈女人

张爱玲

　　西方人称阴险刻薄的女人为"猫"。新近看到一本专门骂女人的英文小册子叫《猫》，内容并非完全未经人道的，但是与女人有关的隽语散见各处，搜集起来颇不容易，不像这里集其大成。摘译一部分，读者看过之后想必总有几句话说，有的嗔，有的笑，有的觉得痛快，也有自命为公允的男子作"平心之论"，或是说"过激了一点"，或是说"对是对的，只适用于少数的女人，不过无论如何，有则改之，无则加勉"等等。总之，我从来没见过在这题目上无话可说的人。我自己当然也不外此例。我们先看了原文再讨论吧。

　　《猫》的作者无名氏在序文里预先郑重声明："这里的话，并非说的是你，亲爱的读者——假使你是个男子，也并非说的是你的妻子，姊妹，女儿，祖母或岳母。"

　　他再三辩白他写这本书的目的并不是吃了女人的亏借以出

气，但是他后来又承认是有点出气的作用，因为："一个刚和太太吵过嘴的男子，上床之前读这本书，可以得到安慰。"

他道：

女人物质方面的构造实在太合理化了，精神方面未免稍差，那也是意想中的事，不能苛求。

一个男子真正动了感情的时候，他的爱较女人的爱伟大得多。可是从另一方面观看，女人恨起一个人来，倒比男人持久得多。

女人与狗唯一的分别就是：狗不像女人一般地被宠坏了，它们不戴珠宝，而且——谢天谢地！——它们不会说话！

算到头来，每一个男子的钱总是花在某一个女人身上。

男人可以跟最下等的酒吧间女侍调情而不失身份——上流女人向邮差遥遥掷一个飞吻都不行！我们由此推断：男人不比女人，弯腰弯得再低些也不打紧，因为他不难重新直起腰来。

一般地说来，女性的生活不像男性的生活那么需要多种的兴奋剂，所以如果一个男子公余之暇，做点越轨的事来调剂他的疲乏、烦恼、未完成的壮志，他应当被原恕。

对于大多数的女人，"爱"的意思就是"被爱"。

男子喜欢爱女人，但是有时候他也喜欢她爱他。

如果你答应帮一个女人的忙，随便什么事她都肯替你做；但是如果你已经帮了她一个忙了，她就不忙着帮你的忙了。所以你应当时时刻刻答应帮不同的女人的忙，那么你多少能够得到一点酬报，一点好处——因为女人的报恩只有一种：预先的报恩。

　　由男子看来，也许这女人的衣服是美妙悦目的——但是由另一个女人看来，它不过是"一先令三辨士一码"的货色，所以就谈不上美。

　　时间即是金钱，所以女人多花时间在镜子前面，就得多花钱在时装店里。

　　如果你不调戏女人，她说你不是一个男人；如果你调戏她，她说你不是一个上等人。

　　男子夸耀他的胜利——女子夸耀她的退避。可是敌方之所以进攻，往往全是她自己招惹出来的。

　　女人不喜欢善良的男子，可是她们拿自己当做神速的感化院，一嫁了人之后，就以为丈夫立刻会变成圣人。

　　唯独男子有开口求婚的权利——只要这制度一天存在，婚姻就一天不能够成为公平交易；女人动不动便抬出来说当初她"允许了他的要求"，因而在争吵中占优势。为了这缘故，女人坚持应由男子求婚。

　　多数的女人非得"做下不对的事"，方才快乐。婚姻仿佛不够"不对"的。

女人往往忘记这一点：她们全部的教育无非是教她们意志坚强，抵抗外界的诱惑——但是她们耗费毕生的精力去挑拨外界的诱惑。

现代婚姻是一种保险，由女人发明的。

若是女人信口编了故事之后就可以抽版税，所有的女人全都发财了。

你向女人猛然提出一个问句，她的第一个回答大约是正史，第二个就是小说了。

女人往往和丈夫苦苦辩论，务必驳倒他，然而向第三者她又引用他的话，当做至理名言。可怜的丈夫……

女人与女人交朋友，不像男人与男人那么快。她们有较多的瞒人的事。

女人们真是幸运——外科医生无法解剖她们的良心。

女人品评男子，仅仅以他对她的待遇为依归，女人会说："我不相信那人是凶手——他从来也没有谋杀过我！"

男人做错事，但是女人远兜远转地计划怎样做错事。

女人不大想到未来——同时也努力忘记她们的过去——所以天晓得她们到底有什么可想的！

女人开始经济节约的时候，多少"必要"的花费她可以省掉，委实可惊！

如果一个女人告诉了你一个秘密，千万别转告另一个女人——一定有别的女人告诉过她了。

无论什么事，你打算替一个女人做的，她认为理所当然。无论什么事你替她做的，她并不表示感谢。无论什么小事你忘了做，她咒骂你。……家庭不是慈善机构。

　　多数的女人说话之前从来不想一想。男人想一想——就不说了！

　　若是她看书从来不看第二遍，因为她"知道里面的情节"了，这样的女人决不会成为一个好妻子。如果她只图新鲜，全然不顾及风格与韵致，那么过了些时，她摸清楚了丈夫的个性，他的弱点与怪僻处，她就嫌他沉闷无味，不复爱他了。

　　你的女人建造空中楼阁——如果它们不存在，那全得怪你！

　　叫一个女人说"我错了"，比男人说全套的急口令还要难些。

　　你疑心你的妻子，她就欺骗你。你不疑心你的妻子，她就疑心你。

　　凡是说"女人怎样怎样"的话，多半是俏皮话。单图俏皮，意义的正确上不免要打个折扣，因为各人有各人的脾气，如何能够一概而论？但是比较上女人是可以一概而论的，因为天下人风俗习惯职业环境各不相同，而女人大半总是在户内持家看孩子，传统的生活典型既然只有一种，个人的习性虽不同也有限。因此，笼统地说"女人怎样怎样"，比说"男人怎样怎样"要有把握些。

记得我们学校里有过一个非正式的辩论会，一经涉及男女问题，大家全都忘了原先的题目是什么，单单集中在这一点上，七嘴八舌，嬉笑怒骂，空气异常热烈。有一位女士以老新党的口吻侃侃谈到男子如何不公平，如何欺凌女子——这柔脆的，感情丰富的动物，利用她的情感来拘禁她，逼迫她作玩物，在生存竞争上女子之所以占下风全是因为机会不均等……在男女的论战中，女人永远是来这么一套。当时我忍不住要驳她，倒不是因为我专门喜欢做偏锋文章，实在是听厌了这一切。一九三〇年间女学生们人手一册的《玲珑》杂志就是一面传授影星美容秘诀，一面教导"美"了"容"的女子怎样严密防范男子的进攻，因为男子都是"心存不良"的，谈恋爱固然危险，便结婚也危险，因为结婚是恋爱的坟墓……

女人这些话我们耳熟能详，男人的话我们也听得太多了，无非骂女子十恶不赦，罄竹难书，惟为民族生存计，不能赶尽杀绝。

两方面各执一词，表面上看来未尝不是公有公理，婆有婆理。女人的确是小性儿，矫情，作伪，眼光如豆，狐媚子，（正经女人虽然痛恨荡妇，其实若有机会扮个妖妇的角色的话，没有一个不跃跃欲试的。）聪明的女人对于这些批评并不加辩护，可是返本归原，归罪于男子。在上古时代，女人因为体力不济，屈服在男子的拳头下，几千年来始终受支配，因为适应环境，养成了所谓妾妇之道。女子的劣根性是男子一手造成的，男子还抱怨些什么呢？

女人的缺点全是环境所致，然则近代和男子一般受了高等教育的女人何以常常使人失望，像她的祖母一样地多心，闹别扭呢？当然，几千年的积习，不是一朝一夕可以改掉的，只消假以时日……

可是把一切都怪在男子身上，也不是彻底的答复，似乎有不负责任的嫌疑。"不负责"也是男子久惯加在女人身上的一个形容词。《猫》的作者说：

　　　有一位名高望重的教授曾经告诉我一打的理由，为什么我不应当把女人看得太严重。这一直使我烦恼着，因为她们总把自己看得很严重，最恨人家把她们当做甜蜜的、不负责任的小东西。假如像这位教授说的，不应当把她们看得太严重，而她们自己又不甘心做"甜蜜的，不负责任的小东西"，那到底该怎样呢？

　　　她们要人家把她们看得很严重，但是她们做下点严重的错事的时候，她们又希望你说"她不过是个不负责任的小东西"。

女人当初之所以被征服，成为父系宗法社会的奴隶。是因为体力比不上男子。但是男子的体力也比不上豺狼虎豹，何以在物竞天择的过程中不曾为禽兽所屈服呢？可见得单怪别人是不行的。

名小说家爱尔德斯·赫胥黎在《针锋相对》一书中说："是何等样人，就会遇见何等样事。"《针锋相对》里面写一个年轻妻子玛格丽，她是一个讨打的、天生的可怜人。她丈夫本是一个相当驯良的丈夫，然而到底不得不辜负了她，和一个交际花发生了关系。玛格丽终于成为呼天抢地的伤心人了。

诚然，社会的进展是大得不可思议的，非个人所能控制，身当其冲者根本不知其所以然。但是追溯到某一阶段，总免不了有些主动的成分在内。像目前世界大局，人类逐步进化到竞争剧烈的机械化商业文明，造成了非打不可的局面，虽然奔走呼号闹着"不要打，打不得"，也还是惶惑地一个个被牵进去了。的确是没有法子，但也不能说是不怪人类自己。

有人说，男子统治世界，成绩很糟，不如让位给女人，准可以一新耳目。这话乍听很像是病急乱投医。如果是君主政治，武则天是个英主，唐太宗也是个英主，碰上个把好皇帝，不拘男女，一样天下太平。君主政治的毛病就在好皇帝太难得。若是民主政治呢，大多数的女人的自治能力水准较男子更低。而且国与国间闹是非，本来就有点像老妈子吵架，再换了货真价实的女人，更是不堪设想。

叫女人来治国平天下，虽然是"做戏无法，请个菩萨"，这荒唐的建议却也有它的科学上的根据。曾经有人预言，这一次世界大战如果摧毁我们的文明到不能恢复原状的地步，下一期的新生的文化将要着落在黑种人身上，因为黄白种人在过去已经各有建树，惟有黑种人天真未凿，精力未耗，未来的大时代里恐怕要轮到他们来做主角。说这样话的，并非故作惊人之论。高度的文明，高度的训练与压抑，的确足以斫伤元气。女人常常被斥为野蛮，原始性。人类驯服了飞禽走兽，独独不能彻底驯服女人。几千年来女人始终处于教化之外，焉知她们不在那里培养元气，徐图大举？

女权社会有一样好处——女人比男人较富于择偶的常识，这一点虽然不是什么高深的学问，却与人类前途的休戚大大有关。男子挑选妻房，纯粹以貌取人。面貌体格在优生学上也是不可不讲究的。女人择夫，何尝不留心到相貌，只是不似男子那么偏颇，同时也注意到智慧、健康、谈吐、风度、自给的力量等项，相貌倒列在次要。有人说现今社会的症结全在男子之不会挑拣老婆，以至于儿女没有家教，子孙每况愈下。那是过甚其词，可是这一点我们得承认，非得要所有的婚姻全由女子主动，我们才有希望产生一种超人的民族。

"超人"这名词，自经尼采提出，常常有人引用，在尼采之前，古代寓言中也可以发现同类的理想。说也奇怪，我们想象中的超人永远是个男人。为什么呢？大约是因为超人的文明是较我们的文明更进一步的造就，而我们的文明是男子的文明。

还有一层：超人是纯粹理想的结晶，而"超等女人"则不难于实际中求得。在任何文化阶段中，女人还是女人。男子偏于某一方面的发展，而女人是最普遍的，基本的，代表四季循环、土地、生老病死、饮食繁殖。女人把人类飞越太空的灵智拴在踏实的根桩上。

即在此时此地我们也可以找到完美的女人。完美的男人就稀有，因为我们根本不知道怎样的男子可以算作完美。功利主义者有他们的理想，老庄的信徒有他们的理想，国社党员也有他们的理想。似乎他们各有各的不足处——那是我们对于"完美的男子"期望过深的缘故。

女人的活动范围有限，所以完美的女人比完美的男人更完美。同时，一个坏女人往往比一个坏男人坏得更彻底。事实是如此。有些生意人完全不顾商业道德而私生活无懈可击。反之，对女人没良心的人尽有在他方面认真尽职的。而一个恶毒的女人就恶得无孔不入。

超人是男性的，神却带有女性的成分，超人与神不同。超人是进取的，是一种生存的目标。神是广大的同情、慈悲、了解、安息。像大部分所谓知识分子一样，我也是很愿意相信宗教而不能够相信，如果有这么一天我获得了信仰，大约信的就是奥涅尔《大神勃朗》一剧中的地母娘娘。

《大神勃朗》是我所知道的感人最深的一出戏，读了又读，读到第三四遍还使人辛酸泪落。奥涅尔以印象派笔法勾出的

"地母"是一个妓女，"一个强壮、安静、肉感、黄头发的女人，二十岁左右，皮肤鲜洁健康，乳房丰满，胯骨宽大。她的动作迟慢，踏实，懒洋洋地像一头兽。她的大眼睛像做梦一般反映出深沉的天性的骚动。她嚼着口香糖，像一条神圣的牛，忘却了时间，有它自身的永生的目的"。

她说话的口吻粗鄙而热诚："我替你们难过，你们每一个人，每一个狗娘养的——我简直想光着身子跑到街上去，爱你们这一大堆人，爱死你们，仿佛我给你们带了一种新的麻醉剂来，使你们永远忘记了所有的一切。（歪扭地微笑着）但是他们看不见我，就像他们看不见彼此一样。而且没有我的帮助他们也继续地往前走，继续地死去。"

人死了，葬在地里。地母安慰垂死者："你睡着了之后，我来替你盖被。"

为人在世，总得戴个假面具，她替垂死者除下面具来，说："你不能戴着它上床。要睡觉，非得独自去。"

这里且摘译一段对白：

勃朗（紧紧靠在她身上，感激地）土地是温暖的。

地母 （安慰地，双目直视如同一个偶像）嘘！嘘！（叫他不要做声）睡觉吧。

勃朗 是，母亲。……等我醒的时候……

地母 太阳又要出来了。

勃朗　出来审判活人与死人！（恐惧）我不要公平的审判。我要爱。

地母　只有爱。

勃朗　谢谢你，母亲。

人死了，地母向自己说：

"生孩子有什么用？有什么用？生出死亡来？"

她又说：

"春天总是回来了，带着生命！总是回来了！总是，总是，永远又来了！——又是春天！——又是生命！——夏天，秋天，死亡，又是和平！（痛切的忧伤）可总是，总是，总又是恋爱与怀胎与生产的痛苦——又是春天带着不能忍受的生命之杯（换了痛切的欢欣），带着那光荣燃烧的生命的皇冠！"（她站着，像大地的偶像，眼睛凝视着莽莽乾坤。）

这才是女神。"翩若惊鸿，宛若游龙"的洛神不过是个古装美女，世俗所供的观音不过是古装美女赤了脚，半裸的高大肥硕的希腊石像不过是女运动家，金发的圣母不过是个俏奶妈，当众喂了一千余年的奶。

再往下说，要牵入宗教论争的危险的漩涡了，和男女论争一样的激烈，但比较无味。还是趁早打住。

女人纵有千般不是，女人的精神里面却有一点"地母"的

112

根芽。可爱的女人实在是真可爱。在某种范围内，可爱的人品与风韵是可以用人工培养出来的，世界各国不同样的淑女教育全是以此为目标，虽然每每歪曲了原意，造成像《猫》这本书里的太太小姐，也还是可原恕。

女人取悦于人的方法有许多种。单单看中她的身体的人，失去许多可珍贵的生活情趣。

以美好的身体取悦于人，是世界上最古老的职业，也是极普遍的妇女职业，为了谋生而结婚的女人全可以归在这一项下。这也毋庸讳言——有美的身体，以身体悦人；有美的思想，以思想悦人，其实也没有多大分别。

（选自《私语》，上海书店，1987年影印本）

女人

梁实秋

　　有人说女人喜欢说谎；假使女人所捏撰的故事都能抽取版税，便很容易致富。这问题在什么叫做说谎。若是运用小小的机智，打破眼前小小的窘僵，获取精神上小小的胜利，因而牺牲一点点真理，这也可以算是说谎，那么，女人确是比较的富于说谎的天才。有具体的例证。你没有陪过女人买东西吗？尤其是买衣料，她从不干干脆脆地说要做什么衣，要买什么料，准备出多少钱；她必定要东挑西拣，翻天覆地，同时口中念念有词，不是嫌这匹料子太薄，就是怪那匹料子花样太旧，这个不禁洗，那个不禁晒，这个缩头大，那个门面窄，批评得人家一文不值。其实，满不是这么一回事，她只是嫌价码太贵而已！如果价钱便宜，其他的缺点全都不成问题，而且本来不要买的也要购储起来。一个女人若是因为炭贵而不升炭盆，她必定对人解释说："冬天升炭盆最不卫生，到春天容易喉咙痛！"屋顶渗漏，塌下盆大的灰泥，在未修补之前，女人便会向人这样解释："我预备在这地方安电灯。"自己上街买菜的女人，常常只承认散步和呼吸新鲜空气是她上市的唯一理由。艳羡汽车的女人常常表示她最厌恶汽油的臭味。坐在中排看戏的女人常常说前排的头等座位最不舒适。一个女人馈赠别人，必说："实在买不到什么好的……"其实这东西根本不是她买的，是别人送给她的。一个女人表示愿意陪你去上街走走，其实是她顺便要买东西。总之，女人总欢喜拐弯抹角的，放一个小小的烟幕，无伤大雅，颇占体面。这也是艺术，王尔德不是说过"艺术即是说谎"么？这些例证还只是一些并无版权的谎话而已。

女人善变，多少总有些哈姆雷特式，拿不定主意。问题大者如离婚结婚，问题小者如换衣换鞋，都往往在心中经过一读二读三读，决议之后再复议，复议之后再否决。女人决定一件事之后，还能随时做一百八十度的大转弯，做出那与决定完全相反的事，使人无法追随。因为变得急速，所以容易给人以"脆弱"的印象。莎士比亚有一名句："'脆弱'呀，你的名字叫做'女人！'"但这脆弱，并不永远使女人吃亏。越是柔韧的东西越不易摧折。女人不仅在决断上善变，即便是一个小小的别针位置也常变，午前在领扣上，午后就许移到了头发上。三张沙发，能摆出若干阵势；几根头发，能梳出无数花头。讲到服装，其变化之多，常达到荒谬的程度。外国女人的帽子，可以是一根鸡毛，可以是半只铁锅，或是一个畚箕。中国女人的袍子，变化也就够多，领子高的时候可以使她像一只长颈鹿，袖子短的时候恨不得使两腋生风，至于纽扣盘花、滚边镶绣，则更加是变幻莫测。"上帝给她一张脸，她能另造一张出来。""女人是水做的"，是活水，不是止水。

女人善哭。从一方面看，哭常是女人的武器，很少人能抵抗她这泪的洗礼。俗语说"一哭二睡三上吊"，这一哭确实其势难当。但从另一方面看，哭也常是女人的内心的"安全瓣"。女人的忍耐的力量是伟大的，她为了男人，为了小孩，能忍受难堪的委屈。女人对于自己的享受方面，总是属于"斯多亚派"的居多。男人不在家时，她能立刻变成素食主义者，火炉里能爬出老鼠，开电灯怕费电，再关上又怕费开关。平素既已极端刻苦，一旦精神上再受刺激，便忍无可忍，一腔悲怨天然地化做一把把的鼻涕眼泪，从"安全瓣"中汩汩而出，腾出空虚的心房，再来接受更多的委屈。女人很少破口骂人（骂街便成泼妇，其实甚少），很少搯袖挥拳，但泪腺就比较发达。善哭的也就常常善笑，迷迷地笑，吃吃地笑，咯咯地笑，哈哈地笑，笑是常驻在女人脸上的，这笑脸常常成为最有效的护照。女人最像小孩，她能为了一个滑稽的姿态而笑得前仰后合，肚皮痛，淌眼泪，以至于翻筋斗！哀与乐都像是常川有备，一触即发。

女人的嘴，大概是用在说话方面的时候多。女孩子从小就往往口齿伶俐，就是学外国语也容易郎朗上口，不像嘴里含着一个大舌头。等到长大之后，三五成群，说长道短，声音脆，嗓门高，如蝉噪，如蛙鸣，真当得好几部鼓吹！等到年事再长，万一堕入"长舌"型，则东家长，西家短，飞短流长，搬弄多少是非，惹出无数口舌；万一堕入"喷壶嘴"型，则琐碎繁杂，絮聒唠叨，一件事要说多少回，一句话要说多少遍，如喷壶下注、万流齐发，当者披靡，不可向迩！一个人给他的妻子买一件皮大衣，朋友问他："你是为使她舒适吗？"那人回答说："不是，为使她少说些话！"

女人胆小，看见一只老鼠而当场昏厥，在外国不算是奇闻。中国女人胆小不至如此，但是一声霹雳使得她拉紧两个老妈子的手而仍战栗不止，倒是确有其事。这并不是做作，并不是故意在男人面前作态，使他有机会挺起胸脯说："不要怕，有我在！"她是真怕。在黑暗中或荒僻处，没有人，她怕；万一有人，她更怕！屠牛宰羊，固然不是女人的事，杀鸡宰鱼，也不是不费手脚。胆小的缘故，大概主要的是体力不济。女人的体温似乎较低一些，有许多女人怕发胖而食无求饱，营养不足，再加上怕臃肿而衣裳单薄，到冬天瑟瑟打战，袜薄如蝉翼，把小腿冻得作"浆米藕"色，两只脚放在被里一夜也暖不过来，双手捧热水袋，从八月捧起，捧到明年五月，还不忍释手。抵抗饥寒之不暇，焉能望其胆大。

女人的聪明，有许多不可及处，一根棉线，一下子就能穿入针孔，然后一下子就能在线的尽头处打上一个结子，然后扯直了线在牙齿上砰砰两声，针尖在头发上擦抹两下，便能开始解决许多在人生中并不算小的苦恼，例如缝上衬衣的扣子，补上袜子的破洞之类。至于几根篾棍，一上一下地编出多少样物事，更是令人叫绝。有学问的女人，创辟"沙龙"，对任何问题能继续谈论至半小时以上，不但不令人入睡，而且令人疑心她是内行。

（选自《雅舍小品》，台北正中书局，1949年版）

男人

梁实秋

    男人令人首先感到的印象是脏！当然，男人当中亦不乏刷洗干净洁身自好的，甚至还有油头粉面衣裳楚楚的，但大体讲来，男人消耗肥皂和水的数量要比较少些。某一男校，对于学生洗澡是强迫的，入浴签名，每周计核，对于不曾入浴的初步惩罚是宣布姓名，最后的断然处置是定期强迫入浴，并派员监视，然而日久玩生，签名簿中尚不无浮冒情事。有些男人，西装裤尽管挺直，他的耳后脖根，土壤肥沃，常常宜于种麦！袜子手绢不知随时洗涤，常常日积月累，到处塞藏，等到无可使用时，再从那一堆污垢存货当中拣选比较干净的去应急。有些男人的手绢，拿出来硬像是土灰面制的百果糕，黑糊糊粘成一团，而且内容丰富。男人的一双脚，多半好像是天然的具有泡菜霉干菜再加糖蒜的味道，所谓"濯足万里流"是有道理的，小小的一盆水确是无济于事，然而多少男人却连这一盆水都吝而不用，怕伤元气。两脚既然如此之脏，偏偏有些"逐臭之夫"喜于脚上藏垢纳污之处往复挖掘，然后嗅其手指，引以为乐！多少男人洗脸都是专洗本部，边疆一概不理，洗脸完毕，手背可以不湿，有的男人是在结婚后才开始刷牙。"扪虱而谈"的是男人。还有更甚于此者，曾有人当众搔背，结果是从袖口里面摔出一只老鼠！除了不可挽救的脏相之处，男人的脏大概是由于懒。

对了！男人懒。他可以懒洋洋坐在旋椅上，五官四肢，连同他的脑筋（假如有），一概停止活动，像呆鸟一般；"不闻夫博弈者乎……"那段话是专对男人说的。他若是上街买东西，很少时候能令他的妻子满意，他总是不肯多问几家，怕跑腿，怕费话，怕讲价钱。什么事他都嫌麻烦，除了指使别人替他做的事之外，他像残废人一样，对于什么事都愿坐享其成，而名之曰"室家之乐"。他提前养老，至少提前三二十年。

紧毗连着"懒"的是"馋"。男人大概有好胃口的居多。他的嘴，用在吃的方面的时候多，他吃饭时总要在菜碟里发现至少一英寸见方半英寸厚的肉，才能算是没有吃素。几天不见肉，他就喊"嘴里要淡出鸟儿来"！若真个三月不知肉味，怕不要淡出毒蛇猛兽来！有一个人半年没有吃鸡，看见了鸡毛帚就流涎三尺。一餐盛馔之后，他的人生观都能改变，对于什么都乐观起来。一个男人在吃一顿好饭的时候，他脸上的表情硬是在感谢上天待人不薄；他饭后衔着一根牙签，红光满面，硬是觉得可以骄人。主中馈的是女人，修食谱的是男人。

男人多半自私。他的人生观中有一基本认识，即宇宙一切均是为了他的舒适而安排下来的。除了在做事赚钱的时候不得不忍气吞声地向人奴膝婢颜外，他总是要做出一副老爷相。他的家便是他的国度，他在家里称王。他除了为赚钱而吃苦努力外，他是一个"伊比鸠派"，他要享受。他高兴的时候，孩子可以骑在他的颈上，他引颈受骑，他可以像狗似的满地爬；他不高兴时，他看着谁都不顺眼，在外面受了闷气，回到家里来加倍地发作。他不知道女人的苦处。女人对于他的殷勤委曲，在他看来，就如同犬守户、鸡司晨一样的稀松平常，都是自然现象。他说他爱女人，其实他不是爱，是享受女人。他不问他给了别人多少，但是他要在别人身上尽量榨取。他觉得他对女人最大的恩惠，便是把赚来的钱全部或一部拿回家来，但是当他把一卷卷的钞票从衣袋里掏出来的时候，他的脸上的表情是骄傲的成分多，亲爱的成分少，好像是在说："看我！你行吗？我这样待你，你多幸运！"他若是感觉到这家不复是他的乐园，他便有多样的借口不回到家里来。他到处云游，他另辟乐园。他有聚餐会，他有酒会，他有桥会，他有书会、画会、棋会，他有夜会，最不济的还有个茶馆。他的享乐的方法太多。假如轮回之说不假，下世侥幸依然投胎为人，很少男人情愿下世做女人的。他总觉得这一世生为男身，而享受未足，下一世要继续努力。

"群居终日，言不及义"，原是人的通病，但是言谈的内容，却男女有别。女人谈的往往是"我们家的小妹又病了！""你们家每月开销多少？"之类。男人的是另一套普通的方式，男人的谈话，最后不谈到女人身上便不会散场。这一个题目对男人最有兴味。如果有一个桃色案他们惟恐其和解得太快。他们好议论人家的隐私，好批评别人的妻子的性格相貌。"长舌男"是到处有的，不知为什么这名词尚不甚流行。

（选自《雅舍小品》，台北正中书局，1949年版）

初恋

周作人

那时我十四岁，她大约是十三岁罢。我跟着祖父的妾宋姨太太寄寓在杭州的花牌楼，间壁住着一家姚姓，她便是那家的女儿。她本姓杨，住在清波门头，大约因为行三，人家都称她作三姑娘。姚家老夫妇没有子女，便认她做干女儿，一个月里有二十多天住在他们家里。宋姨太太和远邻的羊肉店石家的媳妇虽然很说得来，与姚宅的老妇却感情很坏，彼此都不交口，但是三姑娘并不管这些事，仍旧推进门来游嬉。她大抵先到楼上去，同宋姨太太搭讪一回，随后走下楼来，站在我同仆人阮升公用的一张板桌旁边，抱着名叫"三花"的一只大猫，看我映写陆润庠的木刻的字帖。

我不曾和她谈过一句话，也不曾仔细地看过她的面貌与姿态。大约我在那时已经很是近视，但是还有一层缘故，虽然非意识的对于她很是感到亲近，一面却似乎为她的光辉所掩，开不起眼来去端详她了。在此刻回想起来，仿佛是一个尖面庞，乌眼睛，瘦小身材，而且有尖小的脚的少女，并没有什么殊胜的地方，但在我的性的生活里总是第一个人，使我于自己以外感到对于别人的爱着，引起我没有明了的性之概念的，对于异性的恋慕的第一个人了。

我在那时候当然是"丑小鸭"，自己也是知道的，但是终不以此而减灭我的热情。每逢她抱着猫来看我写字，我便不自觉地振作起来，用了平常所无的努力去映写，感着一种无所希求的迷蒙的喜乐。并不问她是否爱我，或者也还不知道自己是爱着她，总之对于她的存在感到亲近喜悦，并且愿为她有所尽力，这是当时实在的心情，也是她所给我的赐物了。在她是怎样不能知道，自己的情绪大约只是淡淡的一种恋慕，始终没有想到男女关系的问题。有一天晚上，宋姨太太忽然又发表对于姚姓的憎恨，末了说道：

"阿三那小东西，也不是好货，将来总要流落到拱辰桥去做婊子的。"

我不很明白做婊子这些是什么事情，但当时听了心里想道：

"她如果真是流落做了，我必定去救她出来。"

大半年的光阴这样的消费过了。到了七八月里因为母亲生病，我便离开杭州回家去了。一个月以后，阮升告假回去，顺便到我家里，说起花牌楼的事情，说道：

"杨家的三姑娘患霍乱死了。"

我那时也很觉得不快，想象她的悲惨的死相，但同时却又似乎很是安静，仿佛心里有一块大石头已经放下了。

十一年九月

（选自《雨天的书》，岳麓书社，1987年版）

墓

何其芳

　　初秋的薄暮。翠岩的横屏环拥出旷大的草地，有常绿的柏树作天幕，曲曲的清溪流泻着幽冷。以外是碎瓷上的图案似的田亩，阡陌高下的毗连着，黄金的稻穗起伏着丰实的波浪，微风传送出成熟的香味。黄昏如晚汐一样淹没了草虫的鸣声，野蜂的翅。快下山的夕阳如柔和的目光，如爱抚的手指从平畴伸过来，从林叶探进来，落在溪边一个小墓碑上，摩着那白色的碑石，仿佛读出上面镌着的朱字：柳氏小女铃铃之墓。

　　这儿睡着的是一个美丽的灵魂。

　　这儿睡着的是一个农家的女孩，和她十六载静静的光阴，从那茅檐下过逝的，从那有泥蜂做窠的木窗里过逝的，从俯嚼着地草的羊儿的角尖，和那濯过她的手，回应过她寂寞的捣衣声的池塘里过逝的。

　　她有黑的眼睛，黑的头发，和浅油黑的肤色。但她的脸颊，

126

她的双手有时是微红的，在走了一段急路的时候，回忆起一个羞涩的梦的时候，或者三月的阳光满满的晒着她的时候。照过她的影子的溪水会告诉你。

她是一个有好心肠的姑娘，她会说极和气的话，常常小心地把自己放在谦卑的地位。亲过她的足的山草会告诉你，被她用死了的蜻蜓宴请过的小蚁会告诉你，她一切小小的侣伴都会告诉你。

是的，她有许多小小的侣伴，她长成一个高高的女郎了，不与它们生疏。

她对一朵刚开的花说："给我讲一个故事，一个快乐的。"对照进她的小窗的星星说："给我讲一个故事，一个悲哀的。"

当她清早起来到柳树旁的井里去提水，准备帮助她的母亲作晨餐，径间遇着她的侣伴都向她说："晨安。"她也说："晨安。""告诉我们你昨夜做的梦。"她却笑着说："不告诉你。"

当农事忙的时候，她会给她的父亲把饭送到田间去。

当蚕子初出卵的时候，她会采摘最嫩的桑叶放在篮儿里带回来，用布巾揩干那上面的露水，而且用刀切成细细的条儿去喂它们。四眠过后，她会用指头捉起一个个肥大的蚕，在光线里透视，"它腹里完全亮了"，然后放到成束的菜子杆上去。

她会同母亲一块儿去把屋后的麻茎割下，放在水里浸着，然后用刀打出白色的麻来。她会把麻分成极纤微的丝，然后用指头绩成细纱，一圈圈的放满竹筐。

她有一个小手纺车，还是她祖母留传下来的。她常常纺着棉，听那轮子唱着单调的歌，说着永远雷同的故事。她不厌烦，只在心里偷笑着："真是一个老婆子。"

她是快乐的。她是在寂寞的快乐里长大的。

她是期待什么的。她有一个秘密的希冀，那希冀于她自己也是秘密的。她有做梦似的眼睛，常常迷漠地望着高高的天空，或是辽远的，辽远的山以外。

十六岁的春天的风吹着她的衣衫，她的发，她想悄悄地流一会儿泪。银色的月光照着，她想伸出手臂去拥抱它，向它说："我是太快乐，太快乐。"但又无理由地流下泪。她有一点忧愁在眉尖，有一点伤感在心里。

她用手紧握着每一个新鲜的早晨，而又放开手，叹一口气让每一个黄昏过去。

她小小的侣伴们都说她病了，只有它们稍稍关心她，知道她的。"你瞧，她常默默的。""你说，什么能使她欢喜？"它们互相耳语着，担心她的健康，担心她郁郁的眸子。

菜圃里的豇豆藤还是高高地缘上竹竿，南瓜还是肥硕地压在篱脚下，古老的桂树还是飘着金黄色的香气，这秋天完全如以前的秋天。

铃铃却瘦损了。

她期待的毕竟来了，那伟大的力，那黑暗的手遮到她眼前，冷的呼吸透过她的心，那无声的灵语吩咐她睡下安息。"不是你，我期待的不是你。"她心里知道，但不说出。

快下山的夕阳如温暖的红色的唇，刚才吻过那小墓碑上"铃铃"二字的，又落到溪边的柳树下，树下有白藓的石上，石上坐着的年轻人雪麟的衣衫上。他有和铃铃一样郁郁的眼睛，迷漠地望着。在那眼睛里展开了满山黄叶的秋天，展开了金风拂着的一泓秋水，展开了随着羊铃声转入深邃的牧女的梦。毕竟来了，铃铃期待的。

在花香与绿阴织成的春夜里，谁曾在梦里摘取过红熟的葡萄似的第一次蜜吻？谁曾梦过燕子化作年轻的女郎来入梦，穿着燕翅色的衣衫？谁曾梦过一不相识的情侣来晤别，在她远嫁的前夕？

一个个春三月的梦呵，都如一片片你偶尔摘下的花瓣，夹在你手携的一册诗集里，你又偶尔在风雨之夕翻见，仍是盛开时的红艳，仍带着春天的香气。

雪麟从外面的世界带回来的就只一些梦，如一些饮空了的酒瓶，与他久别的乡土是应该给他一瓶未开封的新酿了。

雪麟见了铃铃的小墓碑，读了碑上的名字，如第一次相见就相悦的男女们，说了温柔的"再会"才分别。

以后他的影子就踯躅在这儿的每一个黄昏里。

他渐渐猜想着这女郎的身世，和她的性情，她的喜好，如我们初认识一个美丽的少女似的。他想到她是在寂寞的屋子里过着晨夕，她最爱着什么颜色的衣衫，而且当她微笑时脸间就现出酒窝，羞涩地低下头去。他想到她在窗外种着一片地的指甲花，花开时就摘取几朵来用那红汁染她的小指甲，而这仅仅由于她小孩似的欢喜。

铃铃的侣伴们更会告诉他，当他猜想错了或是遗漏了的时候。

"她会不会喜欢我？"他在溪边散步时偷问那多嘴的流水。

"喜欢你。"他听见轻声的回语。

"她似乎没有朋友？"他又偷问溪边的野菊。

"是的，除了我们。"

于是有一个黄昏里他就遇见了这女郎。

"我有没有这样的荣幸，和你说几句话？"

他知道她羞涩的低垂的眼光是说着允许。

他们就并肩沿着小溪散步下去。他向她说他是多大的年龄就离开这儿，这儿是她的乡土也是他的乡土。向她说他到过许多地方，听过许多地方的风雨。向她说江南与河水一样平的堤岸，北国四季都是风吹着沙土。向她说骆驼的铃声，槐花的清芬，红墙黄瓦的宫阙，最后说："我们的乡土却这样美丽。"

"是的，这样美丽。"他听见轻声的回语。

"完全是崭新的发现。我不曾梦过这小小的地方有这多的宝藏，不尽的惊异，不尽的欢喜。我真有点儿骄傲这是我的乡土。——但要请求你很大的谅恕，我从前竟没有认识你。"

他看见她羞涩地头低下去。

他们散步到黄昏的深处，散步到夜的阴影里。夜是怎样一个荒唐的絮语的梦呵，但对这一双初认识的男女还是谨慎地劝告他们别去。

他们伸出告别的手来，他们温情的手约了明天的会晤。

有时，他们散步倦了，坐在石上休憩。

"给我讲一个故事，要比黄昏讲得更好。"

他就讲着"小女人鱼"的故事。讲着那最年轻、最美丽的人鱼公主怎样爱上那王子，怎样忍受着痛苦，变成一个哑女到人世去。当他讲到王子和别的女子结婚的那夜，她竟如巫妇所预言的变成了浮沫，铃铃感动得伏到他怀里。

有时，她望着他的眼睛问："你在外面爱没有爱过谁？"

"爱过……"他俯下吻她，怕她因为这两字生气。

"说。"

"但没有谁爱过我。我都只在心里偷偷地爱着。"

"谁呢？"

"一个穿白衫的玉立亭亭的；一个秋天里穿浅绿色的夹外衣的；一个在夏天的绿杨下穿红杏色的单衫的。"

"是怎样的女郎？"

"穿白衫的有你的身材；穿绿衫的有你的头发；穿红杏衫的有你的眼睛。"说完了，又俯下吻她。

晚秋的薄暮。田亩里的稻禾早已割下，枯黄的割茎在青天下说着荒凉。草虫的鸣声，野蜂的翅声都已无闻，原野被寂寥笼罩着，夕阳如一枝残忍的笔在溪边描出雪麟的影子，孤独的，瘦长的。他独语着，微笑着。他憔悴了。但他做梦似的眼睛却发出异样的光，幸福的光，满足的光，如从 Paradise^① 发出的。

一九三三年

（选自《何其芳文集》第2卷，人民文学出版，1982年版）

---

① Paradise，中文译作天堂。

水样的春愁
——自传之四

郁达夫

　　洋学堂里的特殊科目之一，自然是伊利哇拉的英文。现在回想起来，虽不免有点觉得好笑，但在当时，杂在各年长的同学当中，和他们一样地曲着背，耸着肩，摇摆着身体，用了读《古文辞类纂》的腔调，高声朗诵着"皮衣啤""皮哀排"的精神，却真是一点儿含糊苟且之处都没有的。初学会写字母之后，大家所急于想一试的，是自己的名字的外国写法；于是教英文的先生，在课余之暇就又多了一门专为学生拼英文名字的工作。有几位想走捷径的同学，并且还去问过先生，外国《百家姓》和外国《三字经》有没有得买的？先生笑着回答说，外国《百家姓》和《三字经》，就只有你们在读的那一本泼剌玛的时候，同学们于失望之余，反更是"皮哀排""皮衣啤"地叫得起劲。当然是不用说的，学英文还没有到一个礼拜，几本当教科书用的《十三经注疏》《御批通鉴辑览》的黄封面上，大家都各自用墨水笔题上了英文拼的歪斜的名字。又进一步，便是用了异样的发音，操英文说着"你是一只狗""我是你的父亲"之类的话，大家互讨便宜的混战；而实际上，有几位乡下的同学，却已经真的是两三个小孩子的父亲了。

因为一班之中，我的年龄算最小，所以自修室里，当监课的先生走后，另外的同学们在密语着、哄笑着的关于男女的问题，我简直一点儿也感不到兴趣。从性知识发育落后的一点上说，我确不得不承认自己是一个最低能的人。又因自小就习于孤独，困于家境的结果，怕羞的心，畏缩的性，更使我的胆量，变得异常的小。在课堂上，坐在我左边的一位同学，年纪只比我大了一岁，他家里有几位相貌长得和他一样美的姊妹，并且住得也和学堂很近很近。因此，在校里，他就是被同学们苦缠得最厉害的一个；而礼拜天或假日，他的家里，就成了同学们的聚集的地方。当课余之暇，或放假期里，他原也恳切地邀过我几次，邀我上他家里去玩去；但形秽之感，终于把我的向往之心压住，曾有好几次想决心跟了他上他家去，可是到了他家的门口，却又同罪犯似的逃了。他以他的美貌，以他的财富和姊妹，不但在学堂里博得了绝大的声势，就是在我们那小小的县城里，也赢得了一般的好誉。而尤其使我羡慕的，是他的那一种对同我们是同年辈的异性们的周旋才略，当时我们县城里的几位相貌比较艳丽一点的女性，个个是和他要好的，但他也实在真胆大，真会取巧。

当时同我们是同年辈的女性，装饰入时，态度豁达，为大家所称道的，有三个。一个是一位在上海开店，富甲一邑的商人赵某的侄女——她住得和我最近。还有两个，也是比较富有的中产人家的女儿，在交通不便的当时，已经各跟了她们家里的亲戚，到杭州、上海等地方去跑跑了；她们俩，却都是我那位同学的邻居。这三个女性的门前，当傍晚的时候，或月明的中夜，老有一个一个的黑影在徘徊；这些黑影的当中，有不少却是我们的同学。因为每到礼拜一的早晨，没有上课之先，我老听见有同学们在操场上笑说在一道，并且时时还高声地用着英文作了隐语，如"我看见她了！""我听见她在读书"之类。而无论在什么地方，于什么时候的凡关于这一类的谈话的中心人物，总是课堂上坐在我的左边，年龄只比我大一岁的那一位天之骄子。

赵家的那位少女，皮色实在细白不过，脸形是瓜子脸；更因为她家里有了几个钱，而又时常上上海她叔父那里去走动的缘故，衣服式样的新异，自然可以不必说，就是做衣服的材料之类，也都是当时未开通的我们所不曾见过的。她们家里，只有一位寡母和一个年轻的女仆，而住的房子却很大很大。门前是一排柳树，柳树下还杂种着些鲜花；对面的一带红墙，是学宫的泮水围墙，泮池上的大树，枝叶垂到了墙外，红绿便映成着一色。当浓春将过，首夏初来的春三四月，脚踏着日光下石砌路上的树影，手捉着扑面飞舞的杨花，到这一条路上去走走，就是没有什么另外的奢望，也很有点像梦里的游行，更何况楼头窗里，时常会有那一张少女的粉脸出来向你抛一眼两眼的低眉斜视呢！

此外的两个女性，相貌更是完整，衣饰也尽够美丽，并且因为她俩的住址接近，出来总在一道，平时在家，也老在一处，所以胆子也大，认识的人也多。她们在二十余年前的当时，已经是开放得很，有点像现代的自由女子了，因而上她们家里去鬼混，或到她们门前去守望的青年，数目特别的多，种类也自然要杂。

我虽则胆量很小，性知识完全没有，并且也有点过分的矜持，以为成日地和女孩子们混在一道，是读书人的大耻，是没出息的行为；但到底还是一个亚当的后裔，喉头的苹果，怎么也吐它不出咽它不下，同北方厚雪地下的细草萌芽一样，到得冬来，自然也难免得有些望春之意；老实说将出来，我偶尔在路上遇见她们中间的无论哪一个，或凑巧在她们门前走过一次的时候，心里也着实有点儿难受。

住在我那同学邻近的两位，因为距离的关系，更因为她们的处世知识比我长进，人生经验比我老成得多，和我那位同学当然是早已有过纠葛，就是和许多不是学生的青年男子，也各已有了种种的风说，对于我虽像是一种含有毒汁的妖艳的花，诱惑性或许格外的强烈，但明知我自己决不是她们的对手，平时不过于遇见的时候有点难为情的样子，此外倒也没有什么了不得的思慕，可是那一位赵家的少女，却整整地恼乱了我两年的童心。

我和她的住处比较得近，故而三日两头，总有着见面的机会。见面的时候，她或许是无心，只同对于其他的同年辈的男孩子打招呼一样，对我微笑一下，点一点头，但在我却感得同犯了大罪被人发觉了的样子，和她见面一次，马上要变得头昏耳热，胸腔里的一颗心突突地总有半个钟头好跳。因此，我上学去或下课回来，以及平时在家或出外去的时候，总无时无刻不在留心，想避去和她的相见。但遇到了她，等她走过去后，或用功用得很疲乏把眼睛从书本子举起的一瞬间，心里又老在盼望，盼望着她再来一次，再上我的眼面前来立着对我微笑一脸。

有时候从家中进出的人的口里传来，听说"她和她母亲又上上海去了，不知要什么时候回来？"我心里会同时感到一种像释重负又像失去了什么似的忧虑，生怕她从此一去，将永久地不回来了。

同芭蕉叶似的重重包裹着的我这一颗无邪的心，不知在什么地方，透露了消息，终于被课堂上坐在我左边的那位同学看穿了。一个礼拜六的下午，落课之后，他轻轻地拉着了我的手对我说："今天下午，赵家的那个小丫头，要上倩儿家去，你愿不愿意和我同去一道玩儿？"这里所说的倩儿，就是那两位他邻居的女孩子之中的一个的名字。我听了他的这一句密语，立时就涨红了脸，喘急了气，嗫嚅着说不出一句话来回答他，尽在拼命地摇头，表示我不愿意去，同时眼睛里也水汪汪地想哭出来的样子；而他却似乎已经看破了我的隐衷，得着了我的同意似的用强力把我拖出了校门。

到了倩儿她们的门口，当然又是一番争执，但经他大声地一喊，门里的三个女孩，却同时笑着跑出来了；已经到了她们的面前，我也没有什么别的办法了，自然只好俯着首，红着脸，同被绑赴刑场的死刑囚似的跟她们到了室内。经我那位同学带了滑稽的声调将如何把我拖来的情节说了一遍之后，她们接着就是一阵大笑。我心里有点气起来了，以为她们和他在侮辱我，所以于羞愧之上，又加了一层怒意。但是奇怪得很，两只脚却软落来了，心里虽在想一溜跑走，而腿神经终于不听命令。跟她们再到客房里去坐下，看他们四人捏起了骨牌，我连想跑的心思也早已忘掉，坐将在我那位同学的背后，眼睛虽则时时在注视着牌，但间或得着机会，也着实向她们的脸部偷看了许多次数。等她们的输赢赌完，一餐东道的夜饭吃过，我也居然和她们半熟，有说有笑。临走的时候，倩儿的母亲还派了我一个差使，点上灯笼，要我把赵家的女孩送回家去。自从这一回后，我也居然入了我那同学的伙，不时上赵家和另外的两女孩家去进出了；可是生来胆小，又加以毕业考试的将次到来，我的和她们的来往，终没有像我那位同学似的繁密。

正当我十四岁的那一年春天（一九〇九，宣统元年己酉），是旧历正月十三的晚上，学堂里于白天给予了我以毕业文凭及增生执照之后，就在大厅上摆起了五桌送别毕业生的酒宴。这一晚的月亮好得很，天气也温暖得像二三月的样子。满城的爆竹，是在庆祝新年的上灯佳节，我于喝了几杯酒后，心里也感到了一种不能抑制的欢欣。出了校门，踏着月亮，我的双脚，便自然而然地走向了赵家。她们的女仆陪她母亲上街去买蜡烛水果等过元宵的物品去了，推门进去，我只见她一个人拖着了一条长长的辫子，坐在大厅上的桌子边上洋灯底下练习写字。听见了我的脚步声音，她头也不朝转来，只曼声地问了一声"是谁？"我故意屏着声，提着脚，轻轻地走上了她的背后，一使劲一口就把她面前的那盏洋灯吹灭了。月光如潮水似的浸满了这一座朝南的大厅，她于一声高叫之后，马上就把头朝这转来。我在月光里看见了她那张大理石似的嫩脸，和黑水晶似的眼睛，觉得怎么也熬忍不住了，顺势就伸出了两只手去，捏住了她的手臂。两人的中间，她也不发一语，我也并无一言，她是扭转了身坐着，我是向她立着的。她只微笑着看看我看看月亮，我也只微笑着看看她看看中庭的空处，虽然此外的动作，轻薄的邪念，明显的表示，一点儿也没有，但不晓怎样一股满足、深沉、陶醉的感觉，竟同四周的月光一样，包满了我的全身。

两人这样的在月光里沉默着相对，不知过了多久，终于她轻轻地开始说话了："今晚上你在喝酒？""是的，是在学堂里喝的。"到这里我才放开了两手，向她边上的一张椅子里坐了下去。"明天你就要上杭州去考中学去么？"停了一会，她又轻轻地问了一声。"嗳，是的，明朝坐快班船去。"两人又沉默着，不知坐了几多时候，忽听见门外头她母亲和女仆说话的声音渐渐儿地近了，她于是就忙着立起来擦洋火，点上了洋灯。

她母亲进到了厅上，放下了买来的物品，先向我说了些道贺的话，我也告诉了她，明天将离开故乡到杭州去；谈不上半点钟的闲话，我就匆匆告辞出来了。在柳树影里披了月光走回家来，我一边回味着刚才在月光里和她两人相对时的沉醉似的恍惚，一边在心的底里，忽儿又感到了一点极淡极淡，同水一样的春愁。

一月五日

（原载1935年1月20日《人间世》第二十期）

哀歌

何其芳

　　……像多雾地带的女子的歌声，她歌唱一个充满了哀愁和爱情的古传说，说着一位公主的不幸，被她父亲禁闭在塔里，因为有了爱情①。阿德荔茵或者色尔薇②。奥蕾丽亚或者萝拉③。法兰西女子的名字是柔弱而悦耳的，使人想起纤长的身段，纤长的手指。西班牙女子的名字呢，闪耀的，神秘的，有黑圈的大眼睛。我不能不对我们这古老的国家抱一种轻微的怨恨了，当我替这篇哀歌里的姊妹选择名字，思索又思索，终于让她们成为三个无名的姊妹。并且，我为什么看见了一片黑影，感到

---

　　①　开头这一句记得是一部法国小说中的话。没有加引号，有借用的意思。

　　②　这是随便举出的两个法国女子的名字。

　　③　这是随便举出的两个西班牙女子的名字。

了一点寒冷呢？因为想起那些寂寞的童时吗？

三十年前。二十年前。直到现在吧。乡村的少女还是禁闭在闺阁里，等待父母之命，媒妁之言。在欧罗巴，虽说有些时候少女也禁闭在修道院里，到了某种年龄才回到家庭和社会来，和我们古老的风习仍然不同。现在，都市的少女对于爱情已有了一些新的模糊的观念了。我们已看见了一些勇敢地走入不幸的叛逆者了。但我是更感动于那些无望地度着寂寞的光阴，沉默地，在憔悴的朱唇边浮着微笑，属于过去时代的少女的。

我们的祖母，我们的母亲的少女时代已无从想象了，因为即使是想象，也要凭借一点亲切的记忆。我们的姊妹，正如我们，到了一个多变幻的歧途。最使我们怀想的是我们那些年轻的美丽的姑姑，和那消逝了的闺阁生活。呃，我们看见了苍白的脸儿出现在小楼上，向远山，向蓝天和一片白云开着的窗间，已很久了；又看见了纤长的，指甲上染着凤仙花的红汁的手指，在暮色中，缓缓地关了窗门。或是低头坐在小凳上，迎着窗间的光线在刺绣，一个枕套，一幅门帘，厌倦地但又细心地赶着自己的嫁妆。嫁妆早已放满几只箱子了。那些新箱子旁边是一些旧箱子，放着她母亲她祖母的嫁妆。在尺大的袖口上镶着宽花边是祖母时代的衣式。在紧袖口上镶着细圆的缎边是母亲时代的衣式。都早已过时了。当她打开那些箱子，会发出快乐的但又流出眼泪的笑声。停止了我们的想象吧。关于我那些姑姑我的记忆是非常简单的。在最年长的姑姑与第二个姑姑间，我只记得前者比较纤长，多病，再也想不起她们面貌的分别了。至于快乐的或者流出眼泪的笑声，我没有听见过。

我倒是看见了她们家里的花园了：清晰，一种朦胧的清晰。石台，瓦盆，各种花草，我不能说出它们的正确的名字。在那时，若把我独自放在那些飘带似的兰叶，乱发似的万年青叶和棕榈叶间，我会发出一种迷失在深林里的叫喊。我倒是有点喜欢那花园里的水池，和那乡间少有的三层楼的亭阁。它曾引起我多少次的幻想，多少次幼小的心的激动，却又不敢穿过那阴暗的走廊去攀登。我那些姑姑时常穿过那阴暗的走廊，跑上那曲折的楼梯去远眺吗？时常低头凭在池边的石栏上，望着水和水里的藻草吗？我没有看见过。她们的家和我们的家同在一所古宅里。作为分界的堂屋前的石阶，长长的，和那天井，和那会作回声的高墙，都显着一种威吓，一种暗示。而我那比较纤长、多病的姑姑的死耗就由那长长的石阶传递过来。

让我们离开那高大的空漠的古宅吧。一座趋向衰老的宅舍，正如一个趋向衰老的人，是有一种怪僻的捉摸不定的性格的。我们已在一座新筑的寨子上了。我们的家邻着姑姑们的家。在寨尾，成天听得见打石头的声音，工人的声音。我们在修着碉楼，水池。依我祖父的意见，依他那些虫蚀的木版书或者发黄的手抄书的意见，那个方向在那年是不可动工的，因为，依书上的话，犯了三煞。我祖父是一个博学者，知道许多奇异的知识，又坚信着。谁要怀疑那些古老的神秘的知识，去同他辩论吧。而他已在深夜，在焚香的案前诵着一种秘籍作禳解了。诵了许多夜了。使我们迷惑的是那禳解没有效力，首先，一个石匠从岩尾跌下去了，随后，连接地死去了我叔父家一个三岁的妹妹和我那第二个姑姑。

关于第三个姑姑我的记忆是比较悠长，但仍简单的。低头在小楼的窗前描着花样；提着一大圈钥匙在开箱子了，忧郁的微笑伴着独语；坐在灯光下陪老人们打纸叶子牌，一个呵欠。和我那些悠长又单调的童时一同禁闭在那寨子里。高踞在岩上的石筑的寨子，使人想象法兰西或者意大利的古城堡，住着衰落的贵族和有金色头发或者栗色头发的少女，时常用颤抖的升上天空的歌声，歌唱着一个古传说，充满了爱情和哀愁。远远地，教堂的高阁上飘出洪亮、深沉、仿佛从梦里惊醒了的钟声，传递过来。但我们的城堡却充满着一种声音上的荒凉。早上，正午，几声长长的鸡啼。青色的檐影爬在城墙上，迟缓地，终于爬过去，落在岩下的田野中了。于是日暮。那是很准确的时计，使我知道应该在什么时候跑下碉楼去开始我的早课，或者午课，读着那些古老的不好理解的书籍，如我们的父亲我们的祖父的童时一样。而我那第三个姑姑也许正坐在小楼的窗前，厌倦地但又细心地赶着自己的嫁妆吧。她早已许字了人家，依着父母之命，媒妁之言。

一切都会消逝的。一切都应了大卫王指环上的铭语。我们悲哀时那短语使我们快乐，我们快乐时它又使我们悲哀[①]。我们已在异乡度过了一些悠长又单调的岁月了。我们已有了一些关于别的宅舍和少女的记忆了。凭在驶行着的汽船的栏杆上，江风吹着短发，刚从乡村逃出来的少女；或是带着一些模糊的新的观念，随人飘过海外去了又回来的少女。从她们的眼睛，从她们微蹙的眉头，我们猜出了什么呢？想起了我们那些年轻的美丽的姑姑吗？我们已离家三年，四年，五年了。在长长的旅途的劳顿后，我们回到乡土去了。一个最晴朗的日子。我们十分惊异那些树林、小溪、道路没有变更。我们已走到家宅的门前。门发出衰老的呻吟。已走到小厅里了。那些磨损的漆木椅还是排在条桌的两侧。桌上还是立着一个碎胆瓶。瓶里还是什么也没有插。使我们十分迷惑：是闯入了时间的"过去"，还是那里的一切存在于时间之外。最后，在母亲的鬓发上我们看见几丝银色了。从她激动的不连贯的絮语里，知道有些老人已从缠绵的病痛归于永息了，有些壮年人在一种不幸的遭遇中离开世间了。就在这种迷惑又感动的情景里，我听见了我那第三个姑姑的最后消息：嫁了，又死了。死了，

---

① 以上三句记得好像是契诃夫的一篇小说中的话。这里也是借用。

又被忘记了。但当她的剪影在我们心头浮现出来时，可不是如一位西班牙的散文家所说，我们看见了一个花园，一座乡村的树林，和那些蒙着灰尘的小树，和那挂在被冬天的烈风吹斜了的木柱上的灯……

一九三五年一月十六日

（选自《何其芳文集》第2卷，人民文学出版社，1982年版）

嫁衣

陆　蠡

想叙说一个农家少女的故事，说她在出嫁的时候有一两百人抬的大小箱笼、被褥、瓷器、银器、锡器、木器，连水车、犁耙都有一份，招摇过市的长长的行列照红了每一个女儿的眼睛，增重了每一个母亲的心事。但是很少人知道这些箱笼的下落和这少女以后的消息。她快乐么？抱着爱子么？和蔼的丈夫对她千依百顺么？我仅知道属于一个少女的一只箱笼的下落，而这故事又是不美的，我感到失望了。但是耳闻目见的确很少美丽的东西。让这故事中的真实偿补这损失吧。

假设她年已三十，离开华美出嫁的盛典有整整十个年头了。为了某种的寂寞，在一个黄昏的夜晚，擎了一盏手照[①]，上面燃着一段短烛，摸索上摇摇落落的扶梯，到被遗忘的空楼的一角。

[①] 手照，锡制的烛台，像一个小碟子，多了一个柄，闺房里用的。

那儿有大的蛛网张在两柱中间，白色的圆圆的壁钱①东一块西一块贴满黝黑的墙壁，老鼠粪随地散着，楼板上的灰尘积得盈寸。

为了某种寂寞，她来这古楼的一角，来打开她这久年放在这里的木箱，这箱子上面盖了一层纸，纸上满是灰尘。揭开这层纸，漆色还是十分鲜艳的呢。这原是新的木箱，有幸也有不幸，放上了这寂寞的小楼便不曾被开启过，也不曾被搬动过。

箱子的木板已经褪缝，铰鲽和铜锁也锈满了青绿。箱口还斜角地贴着一对红纸方，上面写着双喜字。这是陪嫁的衣箱，自从主人无心检点旧日的衣裳，便被撇弃在冷落的楼阁与破旧的家具为伍了。

为了某种寂寞，她用一大串中的一个钥匙打开这红漆的木箱。这里面满是折得整整齐齐的嫁时妆。她的母亲在她上轿的前夕，亲手替她装下大大小小粗粗细细的布匹和衣服，因为太满了，还费了大劲压下去，复用竹片子弹得紧紧地，然后阖上箱盖。那晚母亲把箱子里的东西一件件地重复地念给她听，而她的眼睛沉重得要打瞌睡，无心听了。现在这里是原封不动的，为了纪念母亲，不去翻动它吧，不，便是为了不使自己过分伤心，便不去翻动它吧。

---

① 壁钱，是一种蜘蛛，它的卵囊白色圆扁，固着于壁上，并时常守护着。这里所说的壁钱，就是指这卵囊了。形状如洋钱，故名。

在这箱子的上层，是白色的和蓝色的苎布。那是织入了她的整个青春啊。她自从七岁便开始织苎。当她绾着总角髻随着母亲到园子里去把一根根苎麻刈下来，跟着妈妈说"若要长，还我娘"，嘻嘻哈哈地把苎叶用竹鞭打下，堆扫到刈得光秃秃的苎根株上面，"把苎叶当作娘，岂不可笑，那地土才是它的娘啊，苎叶只是儿女罢了！"她确曾很聪明地这样想过。当她望着母亲披剥下苎的皮层，用一把半月形的刀把青绿脆硬的表皮刮去，剩下软白柔韧的丝绦，母亲的身旁堆了一大堆的麻骨，弟妹们便各人拈了一根，要母亲替他们做成钻子，真的用一根竹签做钻头，便会做成一把很好的钻子，坚实的地土便被钻得蜂窠似的了。她呢，装做大人气派说："我，大人了，我不玩这东西。"于是便拿来了一片瓦，一个两端留着节中间可以储水的竹槽，注上水；把苎打成结，浸入水里，又把它拿出来，分成细绞，放在瓦上一搓一搓，效着大人的模样，这样，她便真的学会了织苎了。

在知了唱个不停的夏天，搬了小凳到窄小的巷里，风从漏斗口似的巷口吹进来，她在左边放着一只竹篮，右边放了苎槽和剪，膝上放了瓦片，她织着织着便不知有炎夏的过了一个夏天，两个夏天，七八个夏天……等到母亲说："再织上几两，我替你做成苎布，宽的给你裁衣，窄的给你做蚊帐，全部给你做嫁妆。"她脸微赧了。

现在，锁在这箱里霉烂的是她织上了整个青春的苎布啊。

在冬时，她用棉筒纺成细细的纱，复把它穿进织带子的绷机的细眼里，用蓝线作经，白线作纬，她是累寸盈尺地织起带子来了。带子有窄的，有宽的，有白的，有花纹的，也有字的。她没有读书，但能够在带上织字。"长命富贵，金玉满堂"呀，"河南郡某某氏"呀，卍字呀，回文呀，还有她锦绣般的心思，都织在这带上。

"妈妈，我织了许多带子了。"她一次说。

"傻丫头，等到出嫁后，还有工夫织带子么？孩子身上的一丝一缕，都得在娘身边预备的。"

"将来的日子有带般长才好呢。"

"不，你的前途是路般长。"

"妈妈的心是路般长。"

这母亲的祝福不曾落在她的身上。她没有孩子。展在她前面的希望是带般的盘绕，带般的迂回，带般的曲折。她徒然预备了这许多给孩子用的带，要做母亲的希望却随同这带子霉腐于箧底了。

在这箱子的底层，还有各色绣花的衣被，枕衣，孩子的花兜，披襟，和各种大小的布方。她想到绣在这上面的多少春天的晨夕，绣在这上面的多少幸福的预期，她曾用可以浮在水面上的细针逢双或逢单的数剔布绸的纹眼，把很细的丝线分成两条四条，又用在水里浸胀了的皂角肉把弄毛了的丝线擦得光滑，然后针叠针地缝上去。有时竟专心得忘了午餐或晚餐，让母亲跑来轻轻拧她的耳朵，方才把绣花绷用白绢包好，放入细致的竹篮，一面要母亲替她买这样买那样。

现在这些为了将来预备的刺绣随同她的青春霉烂于笥底了。

幸福的船像是不平衡的一叶轻舟，莽撞的乘客刚踏上船槛便翻身了。她刚刚跨上未来的希望的边缘，谁知竟是一只经不起重载的小舟呢。第一，母亲在她出嫁后不一年便病殁了。她原没有父亲。丈夫在婚后不久便出外一去不返，说是在外面积了钱，娶了漂亮的太太呢，她认不得字，也无从读到他的什么信。她为他等了一年，两年，十年了，她的希望的种子落在硗瘠的岩石上，不会发芽；她的青春在出嫁时便被折入一对对的板箱，随着悠长的日子而霉烂了。

这十载可怕的辛劳，夺去了她的健康。为要做贤惠的媳妇，来这家庭不久便换上日常的便服，和妯娌们共分井臼之劳。现在想来真是失悔。谁知自从那时后便永远不容有休息呢。在严寒的冬月，她是汗流浃背地负起沉重无情的石杵；在幽静的秋夜的月光中，为节省些膏火，借月光独自牵着喂猪的粮食。偶时想到她是成了一头驴子，团团转转地牵着永远不停地磨，她是发笑了。还有四月的麦场，五月的蚕忙，八月的稻，九月的乌桕，都是吸尽她肩上的血，消尽她颊边的肉的。原是丰满红润的姑娘呵，现在不加修饰得像一个吊死鬼。不过假如这样勤劳能得到一句公平的体恤的话，假使不至无由地横遭责骂，便这样地生活下去吧。

"闲着便会把骨头弄懒了啊！"这不公的诟声。

"闲着便会放辟逾闲啊！"这无端的侮辱。

于是在臼和磨之外又添了砻。在猪圈中添了一条猪，为要增加她的工作。

在猪圈中又是添了一条猪，为要增加她的工作。

竟然养起母猪来了。那是可怕的饕餮！并且……

"你把这母猪喂饱，赶这骚猪过去啊！"

她脸一红。感到这可耻的讥刺，这无赖的毒意。她是第一次吐出恶毒的声音，咒诅这不义的家庭快快灭亡吧。她开始哭了。

接着是可怕的病，除了出嫁了的妹妹是没有人来她的床边的。妹妹是穷的，来去都是空手，难怪这一家人看到她来谁也不站起招呼一声。母亲留下她们姐妹兄弟四人，兄弟们都各自成家，和她成了异姓，和她同枝连理的妹妹，命运是这样不同。她是富，妹妹是穷，她是单身，妹妹是儿女多累，这奇异的命运啊！但是谁也没有想到这富家媳是受这样的折磨！当时父母百般的心计是为要换得这活人的凌迟么？她呜咽了。

假如生涯是短促的话，她已过了三分之二了。假如生涯是更短促的话，那，便在目前了，所以她挣了起来，踅上这摇摇落落的扶梯，来这空楼的一角，打开古绿的锁，检点嫁时的衣裳么？箱里有一套白麻纱的孝服，原是预备替长辈们戴孝的，现在戴的为了自己，岂不可怜！

伏在箱子的一角，眼泪潸潸地流下来。手照落在地上，不知不觉地延烧了拖垂着的衣襟，等到她觉得周身火热才惊惶地呼喊时，一股毒烟冒进了她的口鼻，便昏厥过去。

家人听见叫喊的声音跑来，拿冷水泼在她的身上，因而便不救了。假如当时用毡子裹住她，或想法撕去她的外衣，那么负伤的身至今还活着的吧。

后来据他们说是"因为她身上的不洁，冒犯了这楼居的狐仙，所以无端自焚的"。不久之前，我曾去看这荒诞无稽的古楼，楼门锁着，贴上两条交叉的红纸条。这楼中锁着我的第二房的堂姐的嫁衣。

（选自《陆蠡集》，浙江文艺出版社，1984年版）

红豆

陆　蠡

听说我要结婚了，南方的朋友寄给我一颗红豆。

当这小小的包裹寄到的时候，已是婚后的第三天。宾客们回去的回去，走的走，散的散，留下来的也懒得闹，躺在椅子上喝茶嗑瓜子。

一切都恢复了往日的冲和。

新娘温娴而知礼的，坐在房中没有出来。

我收到这包裹，我急忙地把它拆开。里面是一只小木盒，木盒里衬着丝绢，丝绢上放着一颗莹晶可爱的红豆。

"啊！别致！"我惊异地喊起来。

这是K君寄来的，和他好久不见面了。和这邮包一起的，还有他短短的信，说些是祝福的话。

我赏玩着这颗红豆。这是很美丽的。全部都有可喜的红色，长成很匀整细巧的心脏形，尖端微微偏左，不太尖，也不太圆。另一端有一条白的小眼睛。这是豆的胚珠在长大时连系在豆荚上的所在。因为有了这标识，这豆才有异于红的宝石或红的玛瑙，而成为蕴藏着生命的酵素的有机体了。

我把这颗豆递给新娘。她正在卸去早晨穿的盛服，换上了浅蓝色的外衫。

我告诉她这是一位远地的朋友寄来的红豆。这是祝我们快乐，祝我们如意，祝我们吉祥。

她相信我的话，但眼中不相信这颗豆为何有这许多的含义。她在细细地反复检视着，洁白的手摩挲这小小的豆。

"这不像蚕豆，也不像扁豆，倒有几分像枇杷核子。"

我怃然，这颗豆在她的手里便失了许多身份。

于是，我又告诉她这是爱的象征，幸福的象征，诗里面所歌咏的，书里面所写的，这是不易得的东西。

她没有回答，显然这对她是难懂，只干涩地问：

"这吃得么？"

"既然是豆，当然吃得。"我随口回答。

晚上，我亲自到厨房里用喜筵留下来的最名贵的佐料，将这颗红豆制成一小碟羹汤，亲自拿到新房中来。

新娘茫然不解我为何这样殷勤。友爱的眼光落在我的脸上。嘴唇微微一撅。

我请她先喝一口这亲制的羹汤。她饮了一匙，皱皱眉头不说话。我拿过来尝一尝，这味辛而涩的，好像生吃的杏仁。

　　我想起一句古老的话，呵呵大笑地倒在床上。

（选自《陆蠡集》，浙江文艺出版社，1984年版）

夫妇公约

蔡元培

一、《礼》《中庸》记曰：君子之道，造端夫妇，及其至也，察乎天地。《大学》记曰：欲治其国者，先齐其家。夫妇之伦，因齐家而起。齐者何？同心办事者是也，是谓心交。若乃见美色而悦者，如小儿见彩画而把玩之，文士见佳作而赞叹之耳，是谓目交。心动而淫者，如饥者食，寒者衣耳，是谓体交。男子见美男，女子见美女，皆有目交也。两男之相悦，如娈童。两女之相悦，如粤东之十姊妹。皆有体交也。非限于男与女者也。然而，统计全球之例，目交之事，溥通也而无所禁。如握手、接吻之属，皆目交所推也。而体交之事，限于男与女者何也？曰男子之欲，阳电也；女子之欲，阴电也。电理同则相驱，异则相吸。其相驱也，妨于其体也大矣；其相吸也，益于其体也厚矣。相吸之益，极之生子，而关乎保家，且与保国保种之事相关矣。然而，异电之相吸也，必有择焉，何则？凡体者，皆合众质点而成者也。一体有一体之性质，虽析之极微，而一点之性质与一体同，此人与物之公例也。是故其体有强弱之差者，其所发电力有多寡久暂之差；其神志有智愚之差者，其所发电以成器之性，亦有灵蠢之差，此理之必不可易者也。其电力既有多寡久暂之差矣，而使之吸，则必有所不胜吸焉而驱之，其受驱之害也同。其所以成器者，有灵蠢之差矣，而强合之，则必有纯驳之差。譬如熔两金而成器，其一金也，其一铁也，未尝不可范也，然而金者不易蚀，铁者易蚀，铁尽锈而金亦无以自立，即以其金铁所占多寡之差为其器，坚□之差矣。合松与樗而构屋，松者不易朽，樗者易朽，樗朽尽而松不能支，即以其松樗所占多寡之差为其屋，久暂之差矣。是故男女质性不同者，其所生子亦与之为不同，及其所生子之生子也，又有不同矣。呜呼，此人之所以同种而渐趋于异者也。且也，驳性所生之子，其神志不完全矣，甚者，体魄亦不完全也。呜呼！体魄不完全，具耳目者皆知之；神志不完全，则我国所素不讲，而孰知夫弱国弱种之胥由于此也乎！世间夫妇，体交而已耳。目交而惬者，固已不多得矣。呜呼！家道之所以仳离，人种之所以愚弱也。男子之宿娼也，女子之偷期也，皆以目交始，而亦间有心交者也。野合之子，所以智于家生者，此理也。呜呼，世间男女，不遇同心之人，慎勿滥为体交哉。此关雎之所以求之不得而辗转反侧者也。

二、既知夫妇以同心办事为重，则家之中，惟主臣之别而已。男子而胜总办与，则女子之能任帮办者嫁之可也；女子而能胜总办与，则男之可任帮办者嫁之亦可也，如赘婿是也。然妇人有生产一事，易旷总办之职，终以男主为正职。地球上国主，亦男主多而女主少。

三、既明主臣之职，则主之不能总办而以压制其臣为事者，当治以暴君之律；臣之不能帮办而以容悦为事者，当治以佞臣之律。

四、传曰：君择臣，臣亦择君。既明家有主臣之义，则夫妇之事，当由男女自择，不得由父母以家产丰俭、门第高卑悬定。

五、持载之士失伍，则去之；士师不能治士，则已之，为其不能称职也。君有大过，反复之而不听，则去，为其不能称职也。既明家有主臣之义，则无论男主、女主，臣而不称职者，去之可也；主而不受谏者，自去可也。

六、国例，臣之见去与自去者，皆得仕于他国。则家臣之见去与自去者，皆得嫁于他家。

七、所谓同心办事者，欲以保家也。保家之术，以保身为第一义，各保其身，而又互相保者也。

八、保身之术，第一禁缠足。

九、饮食亦保身之至要者也。当依卫生之理，不得徒取滋味而已。

十、衣服亦保身之具也。统地球核之，以满洲服为最宜，宜仿之。髻用苏式，履用西式。

十一、居处亦保身之要也，宜按卫生之理而构造之，且时时游历，以换风气。

十二、保家之术，以生子为第二义。

十三、生子之事，第一交合得时。

十四、生子之事，第二慎胎教。

十五、子既生矣，当养之，一切依保身之理。

十六、养子而不教，不可也。教子之职，六岁以前，妇任之；六岁以后，夫任之。

十七、教子当因其所已知而进之于所未知，以开其思想之路。

十八、教子当令有专门之业，以养其身。

十九、教子不可用威喝朴责，以养其自立之气。

二十、教子不可用诳话，以养其信。

二十一、教子当屏去一切星卜命运仙怪之谭，以正其趣。

二十二、保家之术，不可不谋生计。

二十三、有生计矣，不可不知综核家用，量入为出。

二十四、保家之术，当洞明我国现情及我国与外国交涉之现情，国亡家不能独存也。

二十五、保家之事，如此其繁也，则不可不惜时。男子之征逐也，女子之妆饰也，凡费时而无益者，皆撙节之。

一九〇〇年三月

（选自《蔡元培全集》第1卷，中华书局，1984年版）

无谓的界线

叶圣陶

前几天和几位朋友喝酒。一位朋友新近完成他的恋爱，正在计划同居的事。大概他周询博访已经好多回了，这一天问到我；他以为仪式总是要的，但是用怎样的仪式，繁呢，简呢，尊长本位呢，新人本位呢，那是应该考虑的。

我还没有回答出来，另一位朋友先开口了。他已经是中年人，因为生活负担和职业的缘故，头发变成了灰白色；近视眼几乎到了极度，眼镜的两片凹玻璃就像两个鼻烟盆。去年初冬，他为他儿子完了婚，大概他自以为对于结婚的事是熟悉的，禁不住这么说：

"当然从新式。借旅馆也行，借花园也行。能简便最好，免得许多麻烦和浪费。可是回到家里见尊长是一定要行礼的，非磕头不可！去年我的小儿结婚，他们就是磕头的。"

"为什么？"我自言自语，又似乎问他。

"这是报答。"

"报答！"对于他那伸出手臂大呼"拿谢仪来"的态度我颇有点反感，我知道谢仪是只有馈赠没有索取的。

"的确应该报答，尤其是我那个小儿。他在学校里念书，忽然病起来了，是严重的神经衰弱，这当然是用功过度引起的，我就接他回家养病。接连几个月病不见好，妻悄悄地向我开口了：'你知道他的病怎么来的？''他用功过度了。''用功过度？一点儿也不相干。他不敢对你说，却对我透露了，他不要定下了的亲……'我明白了，那学校里外国校长的几个女儿常常跟学生们拍网球，那些同学又很有几个结交女朋友的，这些事情影响到我的小儿了。

"我知道这是个重要的时机，错过了这个时机，事情就要弄糟了。可是我决不能损伤父亲的尊严，我仍然若无其事的样子，只让妻去暗示儿子，要他赶快结婚，一面向女家去说，动以利害，要他们答应在这时期把女儿送来。女儿送来了，一切侍奉的事都移交给他。儿子的病果然渐渐地好起来了。我就给他们结婚，小夫妻非常亲密，一点没有什么——我是知道的，临到这样的时机，只有赶快把他们牵合在一起，牵合在一起就什么事情都没有了。"

他端起酒杯呷了一口酒，得意地说："他们两个不该给我磕个头么？不过我没有坐下来受他们的头，我和妻只站在椅子旁边。这也是谦逊的意思。"

记得去年的《妇女杂志》有过一回讨论，《结婚是否必须有相当的仪式？》参加讨论的几位中间，似乎只有一位主张要仪式的。但是这一位没有举出"报答"来作他的理由，也没有说仪式中间必须有"磕头"一项。像我的那位中年朋友，虽然和我们在一家酒店里促膝聚饮，虽然和我们有多年的友谊，丝毫没有恶感，可是无形的绳索或是不可见的围墙把他束缚或是圈禁在另一个世界里。他的世界既然和我们的不同，那么他要仪式，要磕头的仪式，我们就不便讥笑他议论他了。我们能够讨论的，只有在我们的世界以内的事情。

　　在我们的世界以内，差不多没有一个人不承认结婚必须有恋爱的。这句话的含意是：倘若没有恋爱，就是郑重其事大举结婚的仪式也不相干。换句话，要是真的两相恋爱，就是一点仪式没有也不要紧。讨论这个问题主张不要仪式的人，据我看来，不外乎把这一点意思敷陈开来，说得比较充畅而已。我也只能这样想，免得雷同，所以不再敷陈了。

　　我在这里这样问："结婚是什么？"

　　谁都要笑我的这个提问，鄙夷不屑地回答："这还用问，结婚不就是男女两个共同生活么？"

　　不错，男女两个共同生活，我早就知道了。但是请问，共同生活是结了婚才开始的么？男女两个由初次见面到发生感情，到爱好，到热恋，这中间互诉爱慕不知多少回，互倾心曲不知多少回，互帮互助做成大事或者小事不知多少回，相伴相携、游山玩水、吃东西、看电影等等又不知多少回。在这样的时候，两颗心交融了，不感到彼此的差别，只觉得必须这样的合在一起才是完美的整体。要是说这不是共同生活，不但我不承认，这男女两个首先要表示反对了。那么，结婚就是男女两个共同生活这句话未免有点不切实了。

我再在这里问："结婚之后还是互相恋爱么？"

恋爱的火正燃烧着的男女们必然高声回答："还是互相恋爱，直到海枯石烂！"

这是的确的，假如结婚之后就此不恋爱，结婚真成恋爱的坟墓了。这就可见恋爱像一条无穷无尽而时刻有新意味新境界的通路。除非不走上这条路，一走上这条路就永远前进，以恋爱始，也以恋爱终。我们在地球仪上画出经纬线，为的是便于指认。在无穷尽的恋爱的路程上，也给它画上一条界线叫做"结婚"，这算什么呢？

结婚这个词儿既不足以包括男女两个的共同生活，把它作为恋爱路程上的界线又用不着，那么，到底含的什么意思呢？老实说，就只表示男女两个发生肉体关系。说他们今天结婚，就像说他们两个将要发生肉体关系了；说这是结了婚的一对，就像说他们两个已经发生过肉体关系了。依我愚见，发生肉体关系是极其平常的事，是恋爱路程中的一个境界，走走走走自然会走到那里的。既是恋爱的一对，已经临近这个境界，如果不违背卫生学的条教，对于这意外而又意内的事又有了适当的准备，那就无妨任其自然地跨进去，就像两只手相携，两个头相偎一样。其他的事如有没有结婚之类，当然是不用问的了。要是在时间上画一条界线，标明从此开始发生关系，这样的不自然，这样的看得特异，是嫖客跟娼妓的事，从前叫做"梳栊"，现在窑子里叫做"点大红蜡烛"，决不是恋爱的一对的事。但是，结婚这个词儿却有和"梳栊"之类同样腐朽的气味。

把发生肉体关系这件事看得特异，大概也是我们很远很远的祖先的"蛮性的遗留"。人类学者一定能明白地告诉我们，当时这族的女子抢了他族的男子，或者这族的男子劫了他族的女子，而至于发生肉体关系，那抢劫者对于被抢劫者就有"这是我的东西"的想头。那是多么不平常的事呀，所以在发生关系之前，或者在发生关系之后，要举行一种仪式，歌呼跳叫，表示于众。一是夸耀"这是我的东西"，二是警告他人"这是我的东西，你们不得染指"。其唯一的根据，就在发生肉体关系这件事上。那怎么能不把这件事看得特异呢？

世界进化，本来是抢劫的已经进化到互相恋爱，本来是"我的东西""你的东西"已经进化到"同心一体"。彼此都不是物品，就没有所谓夺过来的光荣；真正是互相爱着，就没有让谁插进一个足趾来的危险；还有什么值得夸耀必须警告的呢？从此可见嚷着结婚这个词儿的，无非表示他自己不爱思索，只是盲目地保存着远古残余的习性而已。

所以，是昂起头挺起胸来的人，是愿意过合理的生活的人，不但不要结婚的仪式（磕头不要，三鞠躬不要，茶话会也不要），并且不要结婚这个词儿。始于恋爱，终于恋爱。

不受传统观念的拘束，能自趋于合理的生活，这是真正的道德。至于没有了结婚这个词儿，没有了什么仪式，就会扰乱社会，给人们以坏影响，我实在想不出其所以然，所以我不相信。

本来想到此为止了，忽然记起传闻的一位小姐的话。当人家谈起某某男女两个的时候，她"若将浼焉"地嗤之以鼻说，"喝，他们跟店家一样，是先行交易的！"

这男女两个曾否先行交易，我们无从查考，好在也不必查考。只是这位小姐不问别的，如相爱不相爱之类，偏偏注目于"交易"，已经够别致了，而又深恶痛绝于那个"先"字，特地加上含有春秋笔法的一声"喝"！尤其值得玩味。

原来这位小姐又是另外一个世界里的人。在她的世界里，相爱不相爱是废话，男女的关系是"交易"。在正式开张以前而"交易"是不道德，正式开张之后呢，"交易"是唯一的天经地义。她认为这样的世界最合适，所以她"待价而沽"，所以她讥贬"先行交易"。

在她的世界里，正式开张的重要不言可知。我替他们想，不但结婚这个词儿不可无，而且必须大磕其头才行，因为头磕得越响越见得郑重，越见得真个正式开张了。

（选自《叶圣陶散文·甲集》，四川人民出版社，1983年版）

给亡妇

朱自清

　　谦，日子真快，一眨眼你已经死了三个年头了。这三年里世事不知变化了多少回，但你未必注意这些个，我知道。你第一惦记的是你几个孩子，第二便轮着我。孩子和我平分你的世界，你在日如此；你死后若还有知，想来还如此的。告诉你，我夏天回家来着：迈儿长得结实极了，比我高一个头。闰儿父亲说是最乖，可是没有先前胖了。采芷和转子都好。五儿全家夸她长得好看；却在腿上生了湿疮，整天坐在竹床上不能下来，看了怪可怜的。六儿，我怎么说好，你明白，你临终时也和母亲谈过，这孩子是只可以养着玩儿的，他左挨右挨，去年春天，到底没有挨过去。这孩子生了几个月，你的肺病就重起来了。我劝你少亲近他，只监督着老妈子照管就行。你总是忍不住，一会儿提，一会儿抱的。可是你病中为他操的那一份儿心也够瞧的。那一个夏天他病的时候多，你成天儿忙着，汤呀，药呀，冷呀，暖呀，连觉也没有好好儿睡过。哪里有一分一毫想着你自己。瞧着他硬朗点儿你就乐，干枯的笑容在黄蜡般的脸上，我只有暗中叹气而已。

从来想不到做母亲的要像你这样。从迈儿起，你总是自己喂乳，一连四个都这样。你起初不知道按钟点儿喂，后来知道了，却又弄不惯；孩子们每夜里几次将你哭醒了，特别是闷热的夏季。我瞧你的觉老没睡足。白天里还得做菜，照料孩子，很少得空儿。你的身子本来坏，四个孩子就累你七八年。到了第五个，你自己实在不成了，又没乳，只好自己喂奶粉，另雇老妈子专管她。但孩子跟老妈子睡，你就没有放过心；夜里一听见哭，就竖起耳朵听，工夫一大就得过去看。十六年初，和你到北京来，将迈儿、转子留在家里；三年多还不能去接他们，可真把你惦记苦了。你并不常提，我却明白。你后来说你的病就是惦记出来的；那个自然也有份儿，不过大半还是养育孩子累的。你的短短的十二年结婚生活，有十一年耗费在孩子们身上；而你一点不厌倦，有多少力量用多少，一直到自己毁灭为止。你对孩子一般儿爱，不问男的女的，大的小的，也不想到什么"养儿防老，积谷防饥"，只拼命地爱去。你对于教育老实说有些外行，孩子们只要吃得好玩得好就成了。这也难怪你，你自己便是这样长大的。况且孩子们原都还小，吃和玩本来也要紧的。你病重的时候最放不下的还是孩子。病得只剩皮包着骨头了，总不信自己不会好，老说："我死了，这一大群孩子可苦了。"后来说送你回家，你想着可以看见迈儿和转子，也愿意；你万不想到会一走不返的。我送车的时候，你忍不住哭了，说："还不知能不能再见？"可怜，你的心我知道，你满想着好好儿带着六个孩子回来见我的。谦，你那时一定这样想，一定的。

　　除了孩子，你心里只有我。不错，那时你父亲还在；可是你母亲死了，他另有个女人，你老早就觉得隔了一层似的。出嫁后第一年你虽还一心一意依恋着他老人家，到第二年上我和孩子可就将你的心占住，你再没有多少工夫惦记他了。你还记得第一年我在北京，你在家里。家里来信说你待不住，常回娘家去。我动气了，马上写信责备你。你叫人写了一封复信，说家里有事，不能不回去。这是你第一次也可以说第末次的抗议，我从此就没给你写信。暑假时带了一肚子主意回去，但见了面，看你一脸笑，也就拉倒了。打这时候起，你渐渐从你父亲的怀里跑到我这儿。你换了金镯子帮助我的学费，叫我以后还你；但直到你死，我也没有还你。你在我家受了许多气，又因为我家的缘故受你家里的气，你都忍着。这全为的是我，我知道。那回我从家乡一个中学半途辞职出走。家里人讽你也走。哪里走！只得硬着头皮往你家去。那时你家像个冰窖子，你们在窖里足足住了三个月。好容易我才将你们领出来了，一同上外省去。小家庭这样组织起来了。你虽不是什么阔小姐，可也是自小娇生惯养的，做起主妇来，什么都得干一两手；你居然做下去了，而且高高兴兴地做下去了。菜照例满是你做，可是吃的都是我们，你至多夹上两三筷子就算了。你的菜做得不坏，有一位老在行大大地夸奖过你。你洗衣服也不错，夏天我的绸大褂大概总是你亲自动手。你在家老不乐意闲着，坐前几个"月子"，老是四五天就起床，说是躺着家里事没条没理的。其实你起来也还不是没条理。咱们家那么多孩子，哪儿来条理？在浙江住的时候，逃过两回兵难，我都在北平。真亏你领着母亲和一群孩子东藏西躲的。末一回还要走多少里路，翻一道大岭。这两回差不多只靠你一个人。你不但带了母亲和孩子们，还带了我一箱箱的书。你知道我是最爱书的。在短短的十二年里，你操的心比人家一辈子还多；谦，你那样身子怎么经得住！你将我的责任一股脑儿担负了去，压死了你，我如何对得起你！

你为我的劳什子书也费了不少神。第一回让你父亲的男佣人从家乡捎到上海去。他说了几句闲话，你气得在你父亲面前哭了。第二回是带着逃难，别人都说你傻子。你有你的想头："没有书怎么教书？况且他又爱这个玩意儿。"其实你没有晓得，那些书丢了也并不可惜；不过教你怎么晓得，我平常从来没和你谈过这些个！总而言之，你的心是可感谢的。这十二年里你为我吃的苦真不少，可是没有过几天好日子。我们在一起住，算来也还不到五个年头。无论日子怎么坏，无论是离是合，你从来没对我发过脾气，连一句怨言也没有。——别说怨我，就是怨命也没有过。老实说，我的脾气可不大好，迁怒的事儿有的是。那些时候你往往抽噎着流眼泪，从不回嘴，也不号啕。不过我也只信得过你一个人，有些话我只和你一个人说，因为世界上只你一个人真关心我，真同情我。你不但为我吃苦，更为我分苦；我之有我现在的精神，大半是你给我培养着的。这些年来我很少生病。但我最不耐烦生病，生了病就呻吟不绝，闹那伺候病的人。你是领教过一回的，那回只一两点钟，可是也够麻烦了。你常生病，却总不开口，挣扎着起来；一来怕搅我，二来怕没人做你那份儿事。我有一个坏脾气，怕听人生病，也是真的。后来你天天发烧，自己还以为南方带来的疟疾，一直瞒着我。明明躺着，听见我的脚步，一骨碌就坐起来。我渐渐有些奇怪，让大夫一瞧，你可糟了，你的一个肺已烂了一个大窟窿了！大夫劝你到西山去静养，你丢不下孩子，又舍不得钱；劝你在家里躺着，你也丢不下那份儿家务。越看越不行了，这才送你回去。明知凶多吉少，想不到只一个月工夫你就完了！本来盼望还见得着你，这一来可拉倒了。你也何尝想到这个？父亲告诉我，你回家独住着一所小住宅，还嫌没有客厅，怕我回去不便呐。

前年夏天回家，上你坟上去了。你睡在祖父母的下首，想来还不孤单的。只是当年祖父母的坟太小了，你正睡在圹底下。这叫做"抗圹"，在生人看来是不安心的；等着想办法吧。那时圹上圹下密密地长着青草，朝露浸湿了我的布鞋。你刚埋了半年多，只有圹下多出一块土，别的全然看不出新坟的样子。我和隐今夏回去，本想到你的坟上来；因为她病了没来成。我们想告诉你，五个孩子都好，我们一定尽心教养他们，让他们对得起死了的母亲——你！谦，好好儿放心安睡吧，你。

一九三二年十月

（选自《朱自清全集》第1卷，江苏教育出版社，1988年版）

择偶记

朱自清

　　自己是长子长孙，所以不到十一岁就说起媳妇来了。那时对于媳妇这件事简直茫然，不知怎么一来，就已经说上了。是曾祖母娘家人，在江苏北部一个小县份的乡下住着。家里人都在那里住过很久，大概也带着我；只是太笨了，记忆里没有留下一点影子。祖母常常躺在烟榻上讲那边的事，提着这个那个乡下人的名字。起初一切都像只在那白腾腾的烟气里。日子久了，不知不觉熟悉起来了，亲昵起来了。除了住的地方，当时觉得那叫做"花园庄"的乡下实在是最有趣的地方了。因此听说媳妇就定在那里，倒也仿佛理所当然，毫无意见。每年那边田上有人来，蓝布短打扮，衔着旱烟管，带好些大麦粉，白薯干儿之类。他们偶然也和家里人提到那位小姐，大概比我大四岁，个儿高，小脚；但是那时我热心的其实还是那些大麦粉和白薯干儿。

　　记得是十二岁上，那边捎信来，说小姐痨病死了。家里并没有人叹惜；大约他们看见她时她还小，年代一多，也就想不清是怎样一个人了。父亲其时在外省做官，母亲颇为我亲事着急，便托了常来做衣服的裁缝做媒。为的是裁缝走的人家多，而且可以看见太太小姐。主意并没有错，裁缝来说一家人家，有钱，两位小姐，一位是姨太太生的；他给说的是正太太生的大小姐。他说那边要相亲。母亲答应了，定下日子，由裁缝带我上茶馆。记得那是冬天，到日子母亲让我穿上枣红宁绸袍子，黑宁绸马褂，戴上红帽结儿的黑缎瓜皮小帽，又叮嘱自己留心些。茶馆里遇见那位相亲的先生，方面大耳，同我现在年纪差不多，布袍布马褂，像是给谁穿着孝。这个人倒是慈祥的样子，不住地打量我，也问了些念什么书一类的话。回来裁缝说人家看得很细：说我的"人中"长，不是短寿的样子，又看我走路，怕脚上有毛病。总算让人家看中了，该我们看人家了。母亲派亲信的老妈子去。老妈子的报告是，大小姐个儿比我大得多，坐下去满满一圈椅；二小姐倒苗苗条条的。母亲说胖了不能生育，像亲戚里谁谁谁；叫裁缝说二小姐。那边似乎生了气，不答应，事情就吹了。

母亲在牌桌上遇见一位太太，她有个女儿，透着聪明伶俐。母亲有了心，回家说那姑娘和我同年，跳来跳去的，还是个孩子。隔了些日子，便托人探探那边口气。那边做的官似乎比父亲的更小，那时正是光复的前年，还讲究这些，所以他们乐意做这门亲。事情已到九成九，忽然出了岔子。本家叔祖母用的一个寡妇老妈子熟悉这家子的事，不知怎么叫母亲打听着了。

叫她来问，她的话遮遮掩掩的。到底问出来了，原来那小姑娘是抱来的，可是她一家很宠她，和亲生的一样。母亲心冷了。过了两年，听说她已生了痨病，吸上鸦片烟了。母亲说，幸亏当时没有定下来。我已懂得一些事了，也这么想着。

光复那年，父亲生伤寒病，请了许多医生看。最后请着一位武先生，那便是我后来的岳父。有一天，常去请医生的听差回来说，医生家有位小姐。父亲既然病着，母亲自然更该担心我的事。一听这话，便追问下去。听差原只顺口谈天，也说不出个所以然。母亲便在医生来时，叫人问他轿夫，那位小姐是不是他家的。轿夫说是的。母亲便和父亲商量，托舅舅问医生的意思。那天我正在父亲病榻旁，听见他们的对话。舅舅问明了小姐还没有人家，便说，像×翁这样人家怎么样？医生说，很好呀。话到此为止，接着便是相亲；还是母亲那个亲信的老妈子去。这回报告不坏，说就是脚大些。事情这样定局，母亲叫轿夫回去说，让小姐裹上点儿脚。妻嫁过来后，说相亲的时候早躲开了，看见的是另一个人。至于轿夫捎的信儿，却引起了一段小小风波。岳父对岳母说，早教你给她裹脚，你不信；瞧，人家怎么说来着！岳母说，偏偏不裹，看他家怎么样！可是到底采取了折中的办法，直到妻嫁过来的时候。

一九三四年三月作

（选自《朱自清全集》第1卷，江苏教育出版社，1988年版）

婆婆话

老　舍

一位朋友从远道而来看我，已七八年没见面，谈起来所以非常高兴。一来二去，我问他有了几个小孩？他连连摇头，答以尚未有妻。他已三十五六，还作光棍儿，倒也有些意思；引起我的话来，大致如下：

我结婚也不算早，作新郎时已三十四岁了。为什么不肯早些办这桩事呢？最大的原因是自己挣钱不多，而负担很大，所以不愿再套上一份麻烦，作双重的马牛。人生本来是非马即牛，不管是贵是贱，谁也逃不出衣食住行，与那油盐酱醋。不过，牛马之中也有些性子刚硬的，挨了一鞭，也敢回敬一个别扭。合则留，不合则去，我不能在以劳力换金钱之外，还赔上狗事巴结人，由马牛降作走狗。这么一来，随时有卷起铺盖滚蛋的可能，也就得有些准备，积极的是储蓄俩钱，以备长期抵抗；消极的是即使挨饿，独身一个总不致灾情扩大。所以我不肯结婚。卖国贼很可以是慈父良夫，错处是只尽了家庭中的责任，而忘了社会国家。我的不婚，越想越有理。

及至过了三十而立，虽有桌椅板凳亦不敢坐，时觉四顾茫然。第一个是老母亲的劝告。虽然不明说："为了养活我，你牺牲了自己，我是怎样的难过！"可是再说硬话实在使老人难堪；只好告诉母亲：不久即有好消息。君子一言，驷马难追；一透口话，就满城风雨。朋友不论老少男女，立刻都觉得有作媒的资格，而且说得也确是近情近理；平日真没想到他们能如此高明。最普遍而且最动听的——不晓得他们都是从哪儿学来的这一套？——是：老光棍儿正如老姑娘，独居惯了就慢慢养成绝户脾气——万要不得的脾气！一个人，他们说，总是活泼泼的，各尽所长，快活的忙一辈子。因不婚而弄得脾气古怪，自己苦恼，大家不痛快，这是何苦？这个，的确足以打动一个卅多岁，对世事有些经验的人！即使我不希望升官发财，我也不甘成为一个老别扭鬼。

那么经济问题呢？我问他们。我以为这必能问住他们，因为他们必不会因为怕我成了老绝户而愿每月津贴我多少钱。哼，他们的话更多了。第一，两个人的花销不必比一个人多到哪里去；第二，即使多花一些，可是苦乐相抵，也不算吃亏；第三，找位能挣些钱的女子，共同合作，也许从此就富裕起来；第四，就说她不能挣钱，而且多花一些，人生本来是经验与努力，不能永远消极的防备，而当努力前进。

说到这里，他们不管我相信这些与否，马上就给我介绍女友了。仿佛是我决不会去自己找到似的。可是，他们又有文章。恋爱本无须找人帮忙，他们晓得；不过，在恋爱期间，理智往往弱于感情；一旦造成了将错就错的局面，必会将恩作怨，糟糕到底。反之，经友人介绍，旁观者清，即使未必准是半斤八两，到底是过了磅的有个准数。多一番理智的考核，便少一些感情的瞎碰。双方既都到了男大当娶，女大当聘之年，而且都愿结婚，一经介绍，必定郑重其事的为结婚而结婚，不是过过恋爱的瘾。况且结婚就是结婚；所谓同居，所谓试婚，所谓解性欲问题，原来都是这一套。同居而不婚，也得两个吃饭，也得生儿养女；并不因为思想高明，而可以专接吻，不用吃饭！

我没有办法。你一言，我一语，说得我心中闹得慌。似乎只有结婚才能心静，别无办法。于是我就结了婚。

到如今，结婚已有五年，有了一儿一女。把五年的经验和婚前所听到的理论相证，也倒怪有个味儿。

第一该说脾气。不错，朋友们说对了：有了家，脾气确是柔和了一些。我必定得说，这是结婚的好处。打算平安的过活，必须采纳对方的意见，阳纲或阴纲独振全得出毛病；男女同居，根本须要民治精神，独裁必引起革命；努力于此种革命并不足以升官发财，而打得头破血出倒颇悲壮而泄气。彼此非纳着点气儿不可，久而久之都感到精神的胜利，凡事可以和平解决，夫妇都可成圣矣。

这个，可并不能完全打倒我在婚前的主张：独身气壮，天不怕地不怕；结婚气馁，该瞅着的就得低头。我的顾虑一点不算多此一举。结了婚，脾气确是柔和了，心气可也跟着软下来。为两个人打算，绝不会像一个人吃饱天下太平那么干脆。于是该将就者便须将就，不便挺起胸来大吹浩然之气，恋爱可以自由，结婚无自由。

朋友们说对了。我也并没说错。这个，请老兄自己去判断，假如你想结婚的话。

第二该说经济。现在，如果再有人对我说，俩人花钱不见得比一人多，我一定毫不迟疑地敬他一个嘴巴子。俩人是俩人，多数加 S，钱也得随着加 S。是的，太太可以去挣钱，俩人比一人挣得多，可是花得也多呀。公园，电影场，绝不会有"太太免票"的办法，别的就不用说了。及至有了小孩，简直的就不能再有什么预算决算，小孩比皇帝还会花钱。太太的事不能再做，顾了挣钱就顾不了小孩，因挣钱而把小孩养坏，照样的不上算；好，太太专看小孩，老爷专去挣钱，小孩专管花钱，不破产者鲜矣。

自然小孩会带来许多欢乐，作了父母的夫妻特别的能彼此原谅，而小胖孩子又是那么天真可爱，单单地伸出一个胖手指已足使人笑上半天。可是，小胖子可别生病；一生病，爸的表、娘的戒指，全得暂入当铺，而且昼夜吃不好，睡不安，不亚于国难当前。割割扁桃腺，得一百块！幸亏正是扁桃腺，这要是整个圆桃，说不定就得上万！以我自己说，我对儿女总算不肯溺爱，可是只就医药费一项来说，已经使我的肩背又弯了许多。有病难道不给治么？小孩真是金子堆成的。这还没提到将来的教育费——谁敢去想，闭着眼睛混吧！

有人会说喽，结婚之后顶好不要小孩呀。不用听那一套。我看见不少了，夫妻因为没有小孩而感情越来越坏，甚至去抱来个娃娃，暂时敷衍一下。有小孩才像家庭；不然，家庭便和旅馆一样。要有小孩，还是早些有的为是，一来，妇女岁数稍大，生产就更多危险；二来，早些有子女，虽然花费很多，可是多少能早些有个打算，即使计划不能实现，究竟想有个准备；一想到将来，便想到子女，多少心中要思索一番，对于作事花钱就不能不小心。这样，夫妇自自然然地会老成一些了。要按着老法子说呢，父母养活子女，赶到子女长大便倒过头来养活父母。假如此法还能适用，那么早有小孩，更为上算。假如父亲在四十岁上才有了儿子，儿子到二十的时候，父亲已经六十了；说不定，也许活不到六十的；即使儿子应用古法，想养活父亲，而父亲已入了棺材，哪能喝酒吃饭？

这个，朋友，假若你想结婚的话，又该去思索一番。娶妻须花钱，生儿养女须花钱，负担日大，肩背日弯，好不伤心；同时，结婚有益，有子女也有乐趣，即使乐不抵苦，可是生命至少不显着空虚。如何之处，统希鉴裁！

至于娶什么样的太太，问题太大，一言难尽。不过，我看出这么点来：美不是一切。太太不是图画与雕刻，可以用审美的态度去鉴赏。人的美还有品德体格的成分在内。健壮比美更重要。一位爱生病的太太不大容易使家庭快乐可爱。学问也不是顶要紧的，因为有钱可以自己立个图书馆，何必一定等太太来丰富你的或任何人的学问？据我看，结婚是关系于人生的根本问题的；即使高调很受听，可是我不能不本着良心说话，吃、喝、性欲、繁殖，在结婚问题中比什么理想与学问也更要紧。我并不是说妇人应当只管洗衣做饭抱孩子，不应读书做事。我是说，既来到婚姻问题上，既来到家庭快乐上，就趁早不必唱高调，说那些闲盘儿。这是实际问题，是解决生命的根源上的几项问题，那么，说真实的吧，不必弄一套之乎者也。一个美的摆设，正如一个有学问的摆设，都是很好的摆设，可是未见得是位好的太太。假若你是富家翁呢，那就随便地弄什么摆设也好。不幸，你只是个普通的人，那么，一个会操持家务的太太实在是必要的。假如说吧，你娶了一位哲学博士，长得也挺美，可是一进厨房便觉恶心，夜里和你讨论康德的哲学，力主生育节制，即使有了小孩也不会抱着，你怎办？听我的话，要娶，就娶个能做贤妻良母的。尽管大家高喊打倒贤妻良母主义，你的快乐你知道。这并不完全是自私，因为一位不希望做贤妻良母的满可以不嫁而专为社会服务呀。假如一位反抗贤妻良母的而又偏偏去嫁人，嫁了人连自己的袜子都不会或不肯洗，那才是自私呢。不想结婚，好，什么主义也可以喊；既要结婚，须承认这是个实际问题，不必弄玄虚。夫妻怎不可以谈学问呢；可是有了五个小孩，欠着五百元债，明天的房钱还没指望，要能谈学问才怪！两个帮手，彼此帮忙，是上等婚姻。

有人根本不承认家庭为合理的组织，于是结婚也就成为可笑之举。这，另有说法，不是咱们所要谈的，咱们谈的是结婚与组织家庭，那么，这套婆婆话也许有一点点用，多少的备你参考吧。

四月五日成

（选自1936年9月5日《中流》创刊号）

夫妇之间

——龙虫并雕斋琐语之五

王　力

五伦之中，夫妇最早。若不先有夫妇，就不会有所谓父子兄弟。至于君臣，更是后起的事。也许有人说，应该是朋友最早，因为应该先是男女恋爱，然后结为夫妇。这话也有相当的理由。不过，依《旧约》里说，亚当和夏娃是上帝所预定的夫妇，他们并没有经过恋爱的阶段。由此看来，仍该说是夫妇最早。至少，西洋人不会反对我这一种说法。

上帝对夏娃说："你必恋慕你丈夫，你丈夫必管辖你。"这是夏娃听信了蛇的话之后，上帝对女人的处分。这两句话就是万世夫妇的祸根，一切夫妇之间的妒忌和争吵，都是由此而起。近来有人说结婚是爱情的坟墓，这话应该是对的，不信试看中国旧小说里，才子和佳人经过了许多悲欢离合，著书的人无不津津乐道，一到了金榜题名，洞房花烛，那小说也就戛然而止，岂不是著者觉得再说下去也就味同嚼蜡了吗？

为什么结婚是爱情的坟墓呢？因为结婚之后爱情像启封泄气的酒，由醉人的浓味渐渐变为淡水的味儿；又因油盐酱醋把两人的心腌得五味俱全，并不像恋爱时代那样全是甜味了。成了家，妻子便把丈夫当做马牛：磨坊主人对于他的马，农夫对于他的牛，未尝不知道爱护，然而这种爱护比之热恋的时候却是另一种心情！成了家，丈夫便把妻子当做狗，既要她看家，又要她摇尾献媚！对不住许多配偶，我这话一说，简直把极庄严正经的"人伦"描写得一钱不值。但是，莫忘了我所说的是"爱情的坟墓"；那些因结了婚而更升到了"爱情的天堂"的人，是犯不着为看了这一段话而生气的。

古人说："妻不如妾，妾不如妓，妓不如偷。"这话已经不合时代了。现在该说"婚不如姘"。某某高等民族最聪明，正经配偶之外往往另有外遇。正经配偶为的是油盐酱醋，所以女人非有二十万以上的财产就不容易嫁出去，男人若有巨万的家财，白发红颜也不妨相安，外遇为的是醇酒，就非十分倾心的人不轻易以身相许了。据说感情好的夫妻也不妨有外遇，因为富于热情的人，他的热情必须有所寄托，然而热情和感情是可以并行不悖的，凡为了夫或妻有外遇而反目的人简直是观念太旧，脑筋不清楚。天啊！若依这种说法，我想有许多"痴心女子"，在结婚之前惟恐她的心上人不热情，结婚以后，却又惟恐他太热情了。

随你说观念太旧也好，脑筋不清楚也好，夫妇之间往往免不了吃醋。占有欲是爱情的最高峰吗？有人说不，一千个不。但是，我知道有人不许太太让男理发匠理发，怕他的手亲近她的红颜和青丝；又有人不许太太出门，若偶一出门，回来他就用香烟烙她的脸，要摧毁她的颜色，让别人不再爱她，以便永远独占。

夫妇反目，也是难免的事情。但是，老爷撅嘴三秒钟，太太揉一会儿眼睛，实在值不得记入起居注①。甚至老爷把太太打得遍体鳞伤，太太把老爷拧得周身青紫，有时候却是增进感情的要素，而劝解的人未必不是傻瓜。莫里哀在《无可奈何的医生》里，叙述斯加拿尔打了他的妻子，有一个街坊来劝解，那妻子就对那劝解者说："我高兴给他打，你管不着！"真的，打老婆，逼投河，催上吊的男子未必为妻所弃，也未必弃妻；揪丈夫的头发，咬丈夫的手腕的女人也未必预备琵琶别抱②。倒反是有些相敬如宾的摩登夫妇，度了蜜月不久，突然设宴话别，搅臂去找律师，登离婚广告，同时还相约常常通信，永不相忘。

从前常听街坊劝被丈夫打了的妻子说："丈夫丈夫，你该让他一丈。"这格言并没有很多的效力。在老爷的字典里是"妇

---

① 原指记载皇帝起居言行的书，这里指一般起居言行录。

② 指女子改嫁。顾大典《青衫记·茶客娶兴》有"又抱琵琶过别舟。"

者伏也"，在太太的字典里却是"妻者齐也"，甚至于太太把自己看得比老爷高些。从前有一个笑话说，老爷提出"天地""乾坤"等等字眼，表示天比地高，乾比坤高；太太也提出"阴阳""雌雄"等等字眼，表示阴在阳上，雌在雄上。至于现代夫妇之间，更是太太们有一种优越感。其实，若要造成家庭幸福，最好是保持夫妇间的均势，不要让东风压倒西风，也不要让西风压倒东风。否则我退一尺，他进十寸，高的越高，高到三十三重天堂，为玉皇大帝盖瓦，低的越低，低到一十八层地狱，替阎罗老子挖煤，夫妇之间就永远没有和平了。

一九四三年八月一日《生活导报》第三十六期

（选自《龙虫并雕斋琐语》，中国社会科学出版社，1982年版）

结婚典礼

梁实秋

结婚这件事，只要成年的一男一女两相情愿就成，并不需要而且不可以有第三者的参加。但是《民法》第八百九十二条规定要有公开仪式，再加上社会的陋俗（大部分似"野蛮的遗留"），以及爱受洋罪者的参酌西法，遂形成了近年来通行于中上阶级之所谓结婚典礼，又名"文明结婚"，犹戏中之有"文明新戏"。婚姻大事，不可潦草。单凭父母之命媒妁之言就把一对无辜男女捏合起来，这不叫做潦草；只因一时冲动而遂盲目地订下偕老之约，这也不叫潦草；惟有不请亲戚朋友街坊四邻来胡吃乱叫，或不当众提出结婚人来验明正身，则谓之曰潦草，又名不隆重。假如人生本来像戏，结婚典礼便似"戏中戏"，越隆重则越像。这出戏定期开演，先贴海报，风雨无阻，"撒网"敛钱，鼎惠不辞；届时悬灯结彩，到处猩红；在音乐方面则或用乞丐兼任的吹鼓手，或用卖仁丹游街或绸缎店大减价的铜乐队，或钢琴或风琴或口琴；少不了的是与演员打成一片的广大观众，内中包括该回家去养老的，该寻正当娱乐的，该受别种社会教育以及平时就该摄取营养的……演员的服装，或买或借或赁，常见的是蓝袍马褂及与环境全然不调和的一身西装大礼服，高冠燕尾，还有那短得像一件斗篷而还特烦两位小朋友牵着的那一橛子粉红纱！那出戏的尾声是，主人的腿子累得发麻，客人醉翻三五辈，门外的车夫一片叫嚣。评剧家曰："很热闹！"

这戏的开始照例是证婚人致词。证婚人照例是新郎的上司，或新娘家中比较拿出来最像样的贵戚。他的身份等于"跳加官"，但他自己不知道，常常误会他是在做主席，或是礼拜堂里的牧师，因此他的职务成为善颂善祷，和那些在门口高叫"正念喜，抬头观，空中来了福禄寿三仙……"的叫化子是异曲而同工！他若是身通"国学"，诗云子曰的一来，那就不得了，在讲《易经》阴阳乾坤的时候，牵纱的小朋友们就非坐在地上不可，而在人丛后面伸长颈子的那位客人，一定也会把其颈项慢慢缩回去了。我们应该容忍他，让他毕其辞，甚而至于违着良心地报之以稀稀拉拉的掌声。放心，他将得意不了几次！

介绍人要两个，仿佛从前的一男媒一女媒，其实是为站在证婚人身旁时一边一个，较有对称之美。介绍人宜于是面团团一团和气，谁见了他都会被他撮合似的。所以常害胃病的，专吃平价米的都不该入选。许多荣任介绍人的常喜欢当众宣布他们只是名义上的介绍人，新郎新娘是早已就……好像是生恐将来打离婚官司时要受连累，所以特先自首似的。其实是他多虑。所谓介绍，是指介绍结婚，这是婚书上写得明明白白的，并不曾要他介绍新郎新娘认识或恋爱，所以以前的因误会而恋爱和以后的因失望而反目，其责任他原是不负的。从前俗语说"新娘揽上床，媒人扔过墙"，现在的介绍人则无须等待新娘上床便已解除职务了。

　　新郎新娘的"台步"是值得注意的，从这里可以看出导演者的手法。新郎应该像是一只木鸡，由两个傧相挟之而至，应该脸上微露苦相，好像做下什么坏事现在败露了要受裁判的样子，这才和身份相称。新娘走出来要像蜗牛，要像日移花影，只见她的位置移动，而不见她行走，头要垂下来，但又不可太垂，要表示出头和颈子还是连着的，扶着两个煞费苦心才寻到的不比自己美的傧相，随着一派乐声，在众目睽睽之下，由大家尽量端详。礼毕，新娘要准备迎接一阵"天雨粟"，也是羼杂粮的，也有带干果的，像冰雹似的没头没脸地打过来。有在额角上被命中一颗核桃的，登时皮肉隆起如舍利子。如果有人扫拢来，无疑的可以熬一大锅"腊八粥"。还有人抛掷彩色纸条，想把新娘做成一个茧子。客人对于新娘的种种行为，由品头论足以至大闹新房，其实在刑法上都可以构成诽谤、侮辱、伤害、侵入私宅和有伤风化等罪名的，但是在隆重的结婚典礼里，这些丑态是属于"撑场面"一类，应该容许！

　　曾有人把结婚比做"蛤蟆跳井"——可以得水，但是永世不得出来。现代人不把婚姻看得如此严重，法律也给现代人预先开了方便的后门或太平梯之类，所以典礼的隆重并不发生任何担保的价值。没有结过婚的人，把结婚后幻想成为神仙的乐境，因此便以结婚为得意事，甘愿铺张，惟恐人家不知，更恐人家不来，所以往往一面登报"一切从简"，一面却是倾家荡产的"敬治喜筵"，以为诱饵。来观婚礼的客人，除了真有友谊的外，是来签到，出钱看戏，或真是双肩承一喙地前来就食！

我们能否有一种简便的节俭的合理的愉快的结婚仪式呢？这件事需要未婚者来细想一下，已婚者就不必多费心了。

（选自《雅舍小品》，台北正中书局，1949年版）

终身大事

萧　乾

· 宿命

男女结合历来是神话的大好题材。读过古罗马神话，看过西欧古典绘画的，大概都记得那个背上长了一对翅膀、手执弓箭的胖小子。他叫丘比特，是维纳斯的儿郎。这位小爱神往往蒙着眼睛举弓乱射。世间少男少女的心，只要经他那支箭射中，就天作良缘了。

幼年，在北京寺庙中间，我最感兴味的是东岳庙——如今成了公安学校。一般庙宇大同小异：一进山门总是哼哈二将，四大金刚八大怪；再往里走，大雄宝殿里不是乐观主义者大肚皮弥勒佛，就是满面春风的观世音。东岳庙可不然。它有十八狱，那实际上是阴曹地府的渣滓洞：有用尖刀血淋淋地割舌头的，有上刀山下火海的，不过那些泥塑的酷刑都旨在警世。也许为了对照，东边还有座九天宫，那座巨大木质建筑非常奇妙。我时常噔噔噔地盘着木梯直上云霄，飘飘然恍如成了仙。

但是最吸引我的还是西北角上一个小跨院，那里供着一位月下老人。少男少女只要给他用红头绳一系，就算佳偶天成了。因此，这个小跨院（性质有点像婚姻介绍所）里的香火特别旺盛，不断有做父母的带着自己的儿子，一个个都穿着新缝的长袍马褂，整整齐齐，进了庙先在炉里烧上一炷香，然后跪在蒲团上，每作完一个揖，就毕恭毕敬地朝月下老人磕一个头。

跨院里照例拥有一簇看热闹起哄的。当男青年在虔诚地朝拜祷告时，他们就大声喊："磕吧，磕响点儿，老头儿赏你个美人儿！"也有恶作剧的，故意大煞风景地叫喊："磕也白磕，反正你命里注定得来个麻媳妇儿！"

正因为有这帮子人捣乱，几乎就没有见过女青年来跨院里朝拜。有人说，她们来也赶大早或者傍晚，因为她们也需要月下老人的照顾。

于是，我心下就冒出个困惑不解的问题：为什么非要男婚女嫁？有位长者捋了捋胡子，用一首北京儿歌回答了我：

> 小小子儿，
> 坐门墩儿，
> 哭哭咧咧要媳妇儿。
> 要媳妇儿干么呀？

点灯说话儿，

吹灯作伴儿，

明儿早晨给你梳小辫儿。

那是我最早接触的一份恋爱（或者说结婚）哲学。这种哲学不但以男性为中心，而且十足的实用主义。

· 实际

朋友讲过一个只有在"文革"时期的中国才会发生的事：据说有个臭名昭著的伪满大汉奸的外孙女，长得如花似玉，然而苦于身上背了个某某人的外孙女这么个无形的沉重包袱。由于貌美，追逐她的大有人在。她决心要利用自己的外形这笔资本，甩掉那个使她成天坐立不安的包袱。在追逐者中间，她挑了一位有权有势的大人物之子。她提的条件是：给我党籍军籍。她一切都如愿以偿了，只是婚后不久，她就发现自己原来嫁了个难以容忍的浪荡子。她抱怨，她抗议，因为她的自尊心受到了创伤。终于闹翻了。她提出离婚，对方说，离就离。军党二籍也立即随着婚姻关系一道消失，她做了场不折不扣的黄粱梦。

另一个同样属于"人生小讽刺"的真实故事：一位刚满六旬的男人，有一次他的老伴儿患了重病。他琢磨，万一老伴儿病故，自己成为鳏夫，晚年既孤寂又无人照顾，岂不苦矣哉！

于是，他就托中人先为他物色一名候补夫人。恰巧有位待嫁的寡妇，觉得条件合适，就欣然允诺。不料患病的太太还未去世，那位未雨绸缪的男人却因暴病先进了火化场。

有位英国文艺界的朋友，一个傍晚坐在壁炉前同我谈起一桩伤心事。他是个戏剧家，曾爱过一位女演员，并且同居了。他对女演员是一往情深。一天，女演员在枕畔对他说：以我适宜演的角色为主角，你给我写一出戏，我给你五年幸福。这位戏剧家并没接受这笔交易，他们分手了。

一九六六年八月，有位朋友像许多人一样，由于忍受不住凌辱和虐待，自尽了。他的爱人咬着牙活了下来，"四人帮"倒台后，党对知识分子的温暖又回来了，其中包括解决"牛郎织女"问题。这时，一个调到甘肃边远地区的科技人员就托人同那位孀居的女同志搞对象。她生活很空虚，所以马到成功。登记完，甘肃那位立刻就积极着手解决"两地"问题。新婚燕尔，领导特别关心。于是，他真的调回来了。可是调京手续刚办完，另外一种手续就开始了：他正式提出离婚。

男女结合确实有实际的一面，然而实际的性质各有不同。

当年比利时刚从纳粹手中解放出来时，我就由伦敦赶去采访。在布鲁塞尔街头，我遇到一位华侨——青田商人。他殷勤地要我去他家度复活节。那是我第一次体会到漂流在外的华侨生活多么艰苦，也领略到中国人民卓越的生存本领。除了青田石头，他们没有任何资本；语言又不通，竟然徒步由浙江而山东……经过西伯利亚，来到了西欧。他们那幢小楼住了三户青田人。从那位萍水相逢的主人的邻舍那里得知，他本来是个单身汉。一道从青田出来的另一对夫妇，男的前两年死了。没有二话，他就把大嫂接了过来，成为患难夫妻。

最近住医院听到一段美谈：一位患癌症的妇女临终前嘱咐她丈夫说，两个孩子还很小，我死之后，你可向这里某某护士求婚。他马上制止她，不许胡言乱语。不久，她离开人世，而且他也察觉由于自己不擅料理家务，孩子果然大吃苦头。他记起已故妻子那段"胡言"，就冒昧地写信向那位护士求婚。回信说："您夫人在病榻上早已一再向我恳求过了，她又对我保证您是位好脾气的丈夫。既承您不嫌弃，那么我就答应了。"

· 变迁

多么老的人都曾年轻过，这总是个颠扑不破的真理。在感情生活方面，我是吃尽苦头才找到归宿的。有些属无妄之灾，有些是咎由自取，因而还害过旁人吃苦头。一个走过崎岖道路的人，更有责任谈谈终身大事这个问题。

婚姻方式是社会变迁的一种重要标志。我成年时，"父母之命，媒妁之言"已经不大灵了。比我大十岁的堂兄曾经历了那包办与自主的过渡阶段，就是说，订婚前还准许男的"相看"一眼。这种"相看"不能让女的晓得，所以大都安排在"碰巧"

的场合。堂兄就是在一个街角偷偷相看的。所以每逢他同堂嫂吵架，总听他抱怨："相你的那天刮大风，沙子眯了我的眼睛！"

我上初中时，男女可还不作兴互通情款。有一回几家中学联合开运动会，我同班的一个孩子就乘机想同隔壁一家女校的某生攀谈几句。那姑娘先是不搭理，后来就问他姓甚名谁。他就像张生那样一五一十地倾吐出来，还以为是一番艳遇哩！谁知那姑娘回去就告了状，不几天训育主任就在朝会上当众把他痛训了一顿。另外一个更加冒失的同学，索性给个女生写去一封表示爱慕的信。这位女生警惕性很高，没敢拆开，就交邮差退了回去。不幸这封信落到男生的父亲之手。他拆开一看，以为这两个根本没有见过面的青年已经有了眉目，就跑到学校（有其子必有其父！）扬言要见见这位未来的儿媳。教会学校那时把这种事儿看得可严重咧，认为是罪孽深重，结果，那位姑娘白警惕了。修女把她喊进一间暗室，然后用蘸了肥皂的刷子在她喉咙里使劲捅了一阵，说是为她洗涤罪愆。这也真是在劫难逃！

二十年代末期，北京报纸的分栏广告里开始出现一种"征婚启事"。从一条广告的细节（包括通信处），我们猜出是麻脸的化学老师登的。于是，就有人出了个主意，冒充女性去应征，信封是粉红色的，信纸上还洒了些花露水。当时已近隆冬，信中要求他戴上夏日的白盔帽，手持拐杖，于某日某时在北海九龙壁前相会。那天我们几个藏在小土坡上树林里，可开心了。

麻脸老师足足等到日落西山，才颓然而去。

三十年代初期我进大学以后，婚姻开始真正自由起来，恋爱至上主义大为风行。据说个别青年读完《少年维特之烦恼》还真的寻了短见。已故的一位著名史学家的令郎和我同班。他结交上一位姑娘，家里不同意，但也不干涉。于是，有一天他就在来今雨轩摆了喜宴。本来程序上并没有主婚仪式，可是恰巧老史学家那天去公园散步，走过时给新郎远远瞥见，就硬把他的老父拖来。记得这位临时抓来的主婚人致词时，开头一句话是："我本来是到公园散散心的……"

三十年代中期，结婚的方式五花八门起来。为了简便，流行起"集体结婚"。还有更简便的，那就是什么手续也不办的"同居"。

解放后，婚姻制度才开始制度化，既正式（必须登记）又简便（大多买上两斤杂拌糖分送一下）。而且男女双方都有工资，经济上各自独立了，所以"娶""嫁"这两个动词在汉语里有点用不上了。结了婚，女方姓名不更改，没有什么"娃"，也没有什么"娅"，谁也不隶属于谁。男女之间这种货真价实的平等，在世界上是罕见的。

然而，是不是在我们这里，婚姻方式就已经十全十美，无可改善了呢？

· 标准

我这个人向来不替人做媒。几年前我还住在一个门洞里时，有一天闯进一名青年，手持一张类似履历表的单子，要我帮他介绍对象。我一看，单子上除了姓名籍贯、年龄学历之外，还有身高体重以及工资工种。说要个身量比他略矮的。紧接着他作了一个郑重声明：要全民制的，可不要集体制的，特别不要学徒工。他要对方也给他照样开这么个履历表。然后考虑"成熟"再见面，因为他工作实在忙，不愿意浪费时间。

我对这位具有科学工作方法的青年说，你那履历表开的项目虽然不少，可至少还缺两个无形的而又很重要的项目。他赶紧问我是什么，我告诉他：性格和品质，而要把这两项考虑成熟，可非得浪费点子时间不可。

我顺手给他举了个例子。我有个学化学的同学，他找到一位同课目、同籍贯、身高体重什么的都中意的对象。见面后，双方彬彬有礼；在恋爱过程中，自然是甜甜蜜蜜。婚后他才发现夫人原来是火暴性子。一天他回到家中共进午餐，饭是夫人做的。他坐下来尝了口汤，咂了咂舌头说："今儿这汤咸了点儿吧？"哎呀，转眼那碗汤哗喳就扣在他头上了。

在男女感情上，"品质"首先指的应是真诚。一对打得火热的情侣，只因为男方所预定的住房出了变故，女方立刻就变了卦，固然可以说是缺乏真诚，但更严峻的考验还在大风大浪中，而在"阶级斗争天天讲"的岁月里，这种不测风云是随时可以"光临"的。我的熟人中间，至少有四位女同志在丈夫遇到风浪时，立刻就丢下亲生的娃娃，有的甚至还在襁褓中，离了婚，另外找了响当当的人物。"立场鲜明"是幌子，"自我保存"是实质，这里不仅包含安危，也还包含荣辱得失。当然，那时下去劳动锻炼倘若能像判徒刑那样说个期限，不少婚姻还是可以保全下来的。

《暴风雨》一剧里，普洛士皮罗就先让那不勒斯王子弗丁南干了一堆苦活儿，来考验他的爱情是否真实；《威尼斯商人》中的女律师鲍细霞在胜诉之后，也用戒指考验了一下丈夫。看来莎翁在男女结合这个问题上，也是很重视坚贞的。有句西谚说："甲板上的爱情以下一个港口为终点。"这是告诫人们说，在特定的孤寂生活中产生的"感情"并不可靠。我在一条法国邮船上确实就看到一个前往魁北克举行婚礼的新娘子，在航程中还玩弄着感情游戏，我真替她那位新郎捏把汗。另一方面，美满婚姻往往又是可遇而不可求的。拿着履历表有意识地去寻找，不一定会逢上知己；偶然遇上的，倒也有可能情投意合。

三十年代我在一篇书评里，曾不揣冒昧地为男女结合开过一个公式：

主观的爱慕（感情的）百分之六十；

客观的适合（理智的）百分之四十。

文中还有这么一段："没有那不可言说的爱情，两颗心根本无从亲近。但若缺乏客观的适合，亲近后，爱情仍无从滋长。"接着，我讥笑了西洋过去盛行过的求婚制。"在一个明媚的春天，男子咕咚跪了下去，死命哀求，直到那位本来心软的女子点了头。然后趁势把一个含有预定意义的亮晃晃的戒指套在女子明文规定的手指上。讨来的爱情可不比讨来的残汤剩饭可靠啊！因为爱情会飞——如果你管不住。"

· 基础

盖房子要先打地基。遇到地震，有的房子立刻倒塌，有的屹然不动，这就看地基坚固的程度了。

感情的基础要比土建的地基来得复杂。王宝钏死守寒窑十八年，那基础至少一半靠的是封建制度的闺范节烈。前些日子电视上演的《铁坦尼克号轮船沉沦记》中，船沉之前当船长宣布妇孺可以上救生艇时，一个女乘客拥抱着丈夫坚持跟他同归于尽，我看了觉得其情可感，但未必很理智。一九五七年一位女同志被一名很不懂政策的领导叫去，说："要把你丈夫划为右派了。你离婚，就吸收你入党；不离，也给你戴上。"那位可敬的女同志回答说："入党，我还不够资格；该戴，就请便吧。"这个答复我认为既表现了她的原则性，也表现了两人感情的基础。倘若有人出题要我画画人间最美丽的图画，这肯定应是其中的一幅。

一九三八年我曾在武昌珞珈山脚住过几个月。有时被大学里的朋友邀去吃饭。席间常遇到一位教授扶着他那双目失明的夫人来赴宴。他轻轻替她搬正了椅子，扶她坐下，然后一箸箸地替她夹菜。当时也想，倘若我是个画家，把那情景画下来多美！近两年住在天坛，每晨必看到一位穿绿裤的中年人——可能是位复员军人，推了一部自己用木板钉成的轮椅，上面坐了一位下肢瘫痪的妇女。天坛的花，根据品种分作几个园子。他总是按季节把她推到月季、芍药或牡丹园里。自己麻烦些，却让这位失去行动自由的老伴儿仍能享受到鸟语花香的清福。近来在报端，时常读到男女一方因工伤事故面部灼伤或失去手足，而另一方坚守婚约的美谈，我觉得感情的深浅与无私的程度是成正比例的。这种可贵的感情只有在危急中才显示得出来。

"文革"期间，颇有几对夫妻是双双自尽的。这跟大西洋沉船时一道丧生者有相同的一面，但又不完全是一回事。那阵子我就偷偷买过几瓶敌敌畏，动过这种念头。幸而我有的是一位坚强的爱人。在那场浩劫中，她由于同戴红箍的顶撞，受的罪要比我深重多了，并且还尝到了皮肉之苦。然而一向从不在乎营养的她，在牛棚里却通过看守人向家里索起多种维他命丸。一经发觉我那种怯懦的企图，她就断然制止。第一，她反问我："咱们没有犯罪，凭什么死？"第二，她相信物极必反，恶者必不得好下场。她要我同她一道看看历史将会为歹徒作出怎样的结论。

土建的地基靠钢筋水泥，感情的基础靠工作和患难共处。有人说地下党伪装夫妻的同志不许真的发生感情，我不信。再也没有比在敌人刀光下并肩作战的战友更容易建立起感情的了！今天，倘若一位青年发明家在工作中受到挫折，而一位女同志在斗争中，冒了风险挺身出来支持他，鼓励他，他们最终成为夫妻，我认为不但是极其自然的，而且基础必然是深厚的。这里不存在什么"甜蜜的折磨"，而是信任尊重，对党、对国家、对四化共同的忠诚。这样的爱情会给予生命以力量和意义。在这样的基础上建筑起来的巨厦，将经得起台风、旋风、龙卷风以至里氏八级的地震。

一九八〇年十二月

（选自《萧乾选集》第三卷，四川人民出版社，1984年版）

亡人逸事

孙　犁

·　一

　　旧式婚姻，过去叫做"天作之合"，是非常偶然的。据亡妻言，她十九岁那年，夏季一个下雨天，她父亲在临街的梢门洞里闲坐，从东面来了两个妇女，是说媒为业的，被雨淋湿了衣服。她父亲认识其中的一个，就让她们到梢门下避避雨再走，随便问道：

　　"给谁家说亲去来？"

　　"东头崔家。"

　　"给哪村说的？"

　　"东辽城。崔家的姑娘不大般配，恐怕成不了。"

　　"男方是怎么个人家？"

　　媒人简单介绍了一下，就笑着问：

"你家二姑娘怎样？不愿意寻吧？"

"怎么不愿意。你们就去给说说吧，我也打听打听。"她父亲回答得很爽快。

就这样，经过媒人来回跑了几趟，亲事竟然说成了。结婚以后，她跟我学认字，我们的洞房喜联横批，就是"天作之合"四个字。她点头笑着说：

"真不假，什么事都是天定的。假如不是下雨，我就到不了你家里来！"

· 二

虽然是封建婚姻，第一次见面却是在结婚之前。定婚后，她们村里唱大戏，我正好放假在家里。她们村有我的一个远房姑姑，特意来叫我去看戏，说是可以相相媳妇。开戏的那天，我去了，姑姑在戏台下等我。她拉着我的手，走到一条长板凳跟前。板凳上，并排站着三个大姑娘，都穿得花枝招展，留着大辫子。姑姑叫着我的名字，说：

"你就在这里看吧，散了戏，我来叫你家去吃饭。"

姑姑的话还没有说完，我看见站在板凳中间的那个姑娘，用力盯了我一眼，从板凳上跳下来，走到照棚外面，钻进了一辆轿车。那时姑娘们出来看戏，虽在本村，也是套车送到台下，然后再搬着带来的板凳，到照棚下面看戏的。

结婚以后，姑姑总是拿这件事和她开玩笑，她也总是说姑姑会出坏道儿。

她礼教观念很重。结婚已经好多年，有一次我路过她家，想叫她跟我一同回家去。她严肃地说：

"你明天叫车来接我吧，我不能这样跟着你走。"我只好一个人走了。

· 三

她在娘家，因为是小闺女，娇惯一些，从小只会做些针线活，没有下场下地劳动过。到了我们家，我母亲好下地劳动，尤其好打早起，麦秋两季，听见鸡叫，就叫起她来做饭。又没个钟表，有时饭做熟了，天还不亮。她颇以为苦。回到娘家，曾向她父亲哭诉。她父亲问：

"婆婆叫你早起，她也起来吗？"

"她比我起得更早。还说心痛我，让我多睡了会儿哩！"

"那你还哭什么呢？"

我母亲知道她没有力气，常对她说：

"人的力气是使出来的，要伸懒筋。"

有一天，母亲带她到场院去摘北瓜，摘了满满一大筐。母亲问她：

"试试，看你背得动吗？"

她弯下腰，挎好筐系猛一立，因为北瓜太重，把她弄了个后仰，沾了满身土，北瓜也滚了满地。她站起来哭了。母亲倒笑了，自己把北瓜一个个捡起来，背到家里去了。

我们那村庄，自古以来兴织布，她不会。后来孩子多了，穿衣困难，她就下决心学。从纺线到织布，都学会了。我从外面回来，看到她两个大拇指，都因为推机杼，顶得变了形，又粗、又短，指甲也短了。

后来，因为闹日本，家境越来越不好，我又不在家，她带着孩子们下场下地。到了集日，自己去卖线卖布。有时和大女儿轮换着背上二斗高粱，走三里路，到集上去粜卖。从来没有对我叫过苦。

几个孩子，也都是她在战争的年月里，一手拉扯成人长大的。农村少医药，我们十二岁的长子，竟以盲肠炎不治死亡。每逢孩子发烧，她总是整夜抱着，来回在炕上走。在她生前，我曾对孩子们说：

"我对你们，没负什么责任。母亲把你们弄大，可不容易，你们应该记着。"

· 四

一位老朋友、老邻居，近几年来，屡次建议我写写"大嫂"。

因为他觉得她待我太好，帮助太大了。老朋友说：

"她在生活上，对你的照顾，自不待言。在文字工作上的帮助，我看也不小。可以看出，你曾多次借用她的形象，写进你的小说。至于语言，你自己承认，她是你的第二源泉。当然，她瞑目之时，冰连地结，人事皆非，言念必不及此，别人也不会作此要求。但目前情况不同，文章一事，除重大题材外，也允许记些私事。你年事已高，如果仓促有所不讳，你不觉得是个遗憾吗？"

我唯唯，但一直拖延着没有写。这是因为，虽然我们结婚很早，但正像古人常说的：相聚之日少，分离之日多；欢乐之时少，相对愁叹之时多耳。我们的青春，在战争年代中抛掷了。以后，家庭及我，又多遭变故，直至最后她的死亡。我衰年多病，实在不愿再去回顾这些。但目前也出现一些异象：过去，青春两地，一别数年，求一梦而不可得。今老年孤处，四壁生寒，却几乎每晚梦见她，想摆脱也做不到。按照迷信的说法，这可能是地下相会之期，已经不远了。因此，选择一些不太使人感伤的断片，记述如上。已散见于其他文字中者，不再重复。就是这样的文字，我也写不下去了。

我们结婚四十年，我有许多事情，对不起她，可以说她没有一件事情是对不起我的。在夫妻的情分上，我做得很差。正因为如此，她对我们之间的恩爱，记忆很深。我在北平当小职员时，曾经买过两丈花布，直接寄至她家。临终之前，她还向我提起这一件小事，问道：

"你那时为什么把布寄到我娘家去啊？"

我说：

"为的是叫你做衣服方便呀！"

她闭上眼睛，久病的脸上，展现了一丝幸福的笑容。

一九八二年二月十二日晚

（选自《孙犁散文选》，人民文学出版社，1984年版）

站在门外的人

张辛欣

我对这个世界上的许多事情有兴趣。包括对许多女人不大感兴趣或者来不及感兴趣的事情都有兴趣。比如说，经济方面的数字，一项冒险活动的技术问题，走私的环节，哈雷彗星每一次靠近和离开地球的日期，各种牌子的汽车和一种牌子的汽车的各种型号以及它从最老到最新的式样变化等等。我仔细地收集和寻找人家看不出有什么意思的资料，为了我要写的小说们。但是，对于每一个男人和女人都要面对的婚姻与家庭的问题，除非迫不得已，我闭口不言。当然，闭口不言不等于不写。我的有些小说，在"有情人"眼里，还将被看作是讨论感情与婚姻问题的作品，而且，因为往往写得剪不断，理还乱，感情的纠葛复杂，小说结束了，人们总是追问我："后来呢？"闭口不言是不可能的。因为是个女作家，不论是在国内还是在国外，面对记者各式各样的采访，总也逃不掉作为一个女性特别要回答的问题：大及，女权主义运动的前途；私至，你作为女作家有什么特殊的困难。男记者有时要问问在中国"同居"的状况，我发现，女记者特别爱问，对于"爱情、家庭、事业"的矛盾，你怎么看，怎么办？！我总得回答，总是回答得不好，因为，我根本不知道该怎么回答。

我自己，站在"婚姻与家庭"这道门外，已经太久了。

不过，不是常常也可以看到这样奇妙的情景吗？没有结过婚的人，大谈婚姻中的各种问题，分析得深入而头头是道，正如许多没生过孩子的女人和姑娘，善谈小孩子的教育成长的方式一样，甚至，我能断定，有的实在没有经历过隐秘的情感折磨的人，也在非常棒地描写着爱情，而受着折磨的人却写不出。难道不真是很奇妙吗！知性，会给我们在经验之前的逻辑。所以，也没有什么特别怪的，和我根本不会开汽车却在收集各种汽车的情况一样的平常。也许越是在门外的人，越容易有清醒的判断力，而一旦陷入其中，坠入网里，什么全都乱了套。尤其是知识女性！然而，越乱，越是挣扎，越是想把永无休止的问题一次弄清楚……

我收到过一封来自遥远地方的信，那信，是一个女人守在孩子的病床旁边写的，写信的时候，孩子正在输着液。那信里写到，她有一个很要好的朋友，读了一篇小说，问，是不是她写的，因为和她的事情几乎完全一样。她感到很意外，找来读了，大吃一惊，真的像是她自己写的！像的并不是事情，是心

210

境。她给我写信，自然，因为那篇小说是我写的。写了在生存的奋斗中一个马上要破裂的家庭中男人和女人感情上的痛苦。正因为故事里的女人的心境和她相似，这位我们今后一辈子也可能没有机会见面的妇女，在信里，和我细细地对谈，她该怎么办？

我把那信读了又读，不知该怎么办。我也是不知该怎么办，所以，才会写那样的小说。

现在，我也只能说，我写的那个故事，可能是她的，而不全是我的，我的更糟糕，更混乱。到头来，我发现我逃出了婚姻和家庭，剩了一个人，无论如何，倒是对了！可我不敢给任何人出同样的主意。有的时候，我听着我的女朋友们来诉说各种委屈，那委屈也真叫人听得受不了，痛苦在那个家庭内部是几乎找不到任何办法解脱的。我真想大叫一声"离婚！"，但是，孩子怎么办呢？那故事里没有孩子，那写信的女人正守着孩子。全世界，也许有三分之一的家庭有若即若离的征兆，但夫妻之间共同面对的，不论是感情在三个人之间也罢，仅仅两个人之间也罢的变异，还有一个孩子的问题。有的互相争夺，有的争相遗弃，为不负担，为少负担一块钱的赡养费而战！孩子是活生生地存在着的。你怎么能够，怎么敢轻易说出"离婚"这样一个可能解决一方、双方苦苦纠缠其中的感情困境的办法呢？日后，一个独身女人带一个孩子，在精神和经济上，会有多么艰难！况且，也不只是孩子这一个现实的问题。也许，有的时候，身边有个人，总比没有人强？

　　我去采访过一个独身妇女，仅仅因为她独身，便猛遭社会非议。她是中学教员，在一个通电气火车的小镇上教书。通火车，有中学的小镇不能说没有文化和文明，但人们普遍觉得，结婚是人间正道，你怎么竟然胆敢不走这道儿？！于是，她就成了个怪物。我了解了她的身世，听了她不顺的经历和身体状况，自然很容易理解她一直不结婚的选择，这选择是无奈的，也是合理和现实的办法。只是，当我听她说，每当她生病的时候，半夜感到自己可能不妙，便挣扎着爬起来，先把衣服都穿好，再躺下。她不愿半夜去敲人家的门，人家都是一家一家的；她又怕早上不省人事，课堂上不见她人，人家来叫，见着她衣冠不整的样子……她说得很平淡，我听得毛骨悚然！不由得不想想自己。我也时常有点儿小病，总又撑过来了。有一句话：少时为妻，老时为伴。有时候，看到互相搀扶着过马路的老夫妻，觉得，似乎我们现在就需要互相为伴！真的大病来了，总不能叫渐老的父母来服侍你吧？可你又不能单单为着生病的时候而去找一个丈夫啊！因为我也听到这样的叙述，也是一位妇女的叙述。很简短。她是学音乐的，当然，也过了十年动乱，也不顺利，如今也在一个小镇上。她把兴趣还放在她的音乐上，致力于收集当地民歌。她的丈夫很不高兴她常常晚上跑出去，因为农人们白天要干活儿，晚上才有空。后来，丈夫把卧室门锁起来。她就蹲在厨房里过夜。是冬天。我没有细问她，是为民歌跑出去才惹丈夫生气，还是有烦闷在前，才会夜夜跑出去找民歌……我也有过类似的经历。冬天，办公桌的桌面上，什么也没有，那时才知什么叫桌面的冰冷。那我也不愿意回"家"去，而且，门，也被锁起来了。有这样的家庭，真也不如没有。剩了一个人，起码，你总还有一个自己的小床，哪怕是在集体宿舍里，一张单人床，一条被子，自己还可以温暖自己。

但我也决不会对那妇女说："你离开他！"

人又是这么奇怪的高级动物，剩了一个人，也许又会品出在一起的受折磨之下的另一些滋味？

作为一个作家，我非常地忙。我要到处跑，去采访；要写，可以从早写到晚；要看很多的书，身边没有人，读书很专心。跑不动，写不动，读书也读不动的时候，听听音乐，有时候音乐也听不动了。会这样的，太累，听不进去了，糟蹋了好的音乐不说，有时候好音乐听来如同噪音。那样的时候，就干干家务活儿：洗洗自己的衣服，收拾自己住的临时小屋，擦着这儿那儿的灰尘，灰尘是永远擦不完的，擦了又生。当初两个人一起生活，也是我做家务事，也曾一边做，一边对这无限反复的家务劳动，生出无限感慨。后来写入小说，得了许多妇女的同感……现在一个人做家务，又感慨：如果只是为自己，不为一个谁做这些，有什么意思！也许我还是像当初一样，很想成为一个好的妻子，但是从头就没有成功，没有可能。尽管如此，

213

尽管逃出那次婚姻绝对是对的，但回头想想，只想想做家务事这件都在做、都有说不出的、烦的不成为事件的时时要做的事情，又觉得，如果已经做了，就不抱怨，那大矛盾下的小争吵和独自的气恼，会不会少些？也许，我们总是怀着良好的愿望，预先把组成婚姻的另一半当作理所应当互相依靠的对象，才有抱怨生出来？而这世界上有预先理所应当的事吗？所以，当朋友心烦了，跑到我这儿，抱怨丈夫，或者，抱怨妻子，我总是问："你在单位里也这么吵吗？你敢和你的同事这样吗？即便是夫妻吧，我想也该有一定距离。古话'举案齐眉'说是相敬如宾，也是保持距离，只要你不预先把对方认定是亲密无间的，你就不会这么烦。"听这话的朋友总是若有所思、所悟地点头。当人家点头的时候，我却自问："你又有什么发言权呢？你连可以保持距离的人也没有。你不过是迟迟地以为懂得了一个浅浅的小道理，幸福的婚姻在这世上如此罕见，彼此有所谦让的平和的婚姻已属极为不易的努力！只是，你又去哪儿再实践你以为懂得的这个浅浅的小道理呢？"……还是一个人转来转去地擦着灰尘，然后，又读书，又写作，又跑来跑去采访、开会，忙着所谓的"事业"。

只要听到有人叫我谈谈"事业心"时，便直觉着心里是一片尴尬。

还好，我记住了偶然落在眼中的一位不出名的外国女作家写的一个故事中的一句话："尽管有着各种源泉，幸福，终究还是一个摇摇欲坠的碉堡，而悲伤，倒是坚固的城堡。"我还特别记住了这个故事的名字，《输得起的人》。

站在门外，固然寂寞，起码，这还是一个输得起的地方。

一九八六年十月廿日

（选自《女人的自爱与尊严》，河北人民出版社，1987年版）

关于家务

王安忆

意愿像和人闹着玩似的，渴望得那么迫切，实现却又令人失望，为了"距离产生魅力"的境界，我与丈夫立志两地分居。可不过两年，又向往起一地的生活。做了多少夜梦和昼梦，只以为到了那一天，便真正的幸福了，并且自以为我们的幸福观经受了生活严峻的考验。而终于调到一地的时候，却又生出无穷的烦恼。

原来，我们的小窝不开伙食，单身的日子也过得单纯，可调到一地，正式度日，便再不好意思天天到娘家坐吃，自己必须建立一份家务。

我们在理论上先明确了分工，他买菜、洗衣、洗碗，我烧饭。

他的任务听起来很伟大，一共有三项，而我是一项。可事实上，家务里除了有题目的以外，还有更多更多没有名的、细碎得羞于出口的工作。他每日里八小时坐班，每天早上，洗过脸，吃过早饭，便骑着自行车，迎着朝阳上班去，一天很美好地开始了。而我还须将整个家收拾一遍，衣服晾出去——他只管洗，晾、晒、收、叠均不负责。床铺好，扫地，擦灰，等一切弄好，终于在书桌前坐下的时候，已经没了清晨的感觉。他在办公室里专心致志地工作，休息的时候，便骑车出去转一圈，买来鱼、肉或蔬菜，众目睽睽之中收藏在办公桌下，当人们问起他在家中干什么的时候，他亦可很响亮地回答："除了买菜，还洗碗、洗衣服。"十分模范的样子。于是，不久单位里对他便有了极高的评价：勤快、会做等等。而谁也不会知道，我在家里一边写作，一边还须关心着水开了冲水，一会儿，里弄里招呼着去领油粮票，一会儿，又要领八元钱的生活补助费……多少工作里默默无闻的，都归我在做着，却没有一声颂扬。

并且，最重要的不仅是动手去做家务，而且要时时想着。比如，什么时候要洗床单了，什么时候要扫尘了，什么时候要去洗染店取干洗的衣服，什么时候要卖废纸了，这些，全是我在想着。如有一桩想不到，他是不会主动去做的。最最忙乱的是早晨，他赶着要上班，我也急着打发他走，可以趁早写东西。要做的事情多得数不清，件件都在眼前，可即使在我刷牙无法说活的那一瞬间，他也会彷徨起来不知所措。虽是他买菜，可是买什么还须我来告诉他，只有一样东西他是无须交代也会去办的，那便是买米和面包。农村多年的插队生活，使他认识到，粮食是最重要的，只要有了粮食，别的都不重要了。所以，米和面包吃完的时候，也是他最慌乱和最积极的时候。平心而论，他是很够勤勉了，只要请他做，他总是努力。比如有一次我有事不能赶回家做饭，交代给了他。回来之后，便见他在奔忙，一头的汗，一身的油，围裙袖套全副武装，桌上地下铺陈得像办了一桌酒席，确也弄出了三菜一汤，其中一个菜是从汤里捞出来装盆独立而成的，因为曾听我说过，汤要纯得碧清才是功夫，于是就给了我一个清澈见底的汤。可是，他干这一切的时候总有着为别人代劳的心情。洗茶杯，他会说："茶杯给你洗好了。"买米，他则说："米给你买来了。"弄到后来，我也传染了这种意识，请他拿碗，就说："帮我拿一只碗。"请他盛饭，说："帮我盛盛饭。"其实，他应该明白，即使他手里洗的是我的一件衣服，这也是我们共同的工作。可是，他不很明白。

以往，我是很崇拜高仓健这样的男性的，高大、坚毅、从来不笑，似乎承担着一世界的苦难与责任。可是渐渐地，我对男性的理想越来越平凡了，我希望他能够体谅女人，为女人负担哪怕是洗一只碗的渺小的劳动。须男人到虎穴龙潭抢救女人的机会似乎很少，生活越来越被渺小的琐事充满。都市文明带来了紧张的生活节奏，人越来越密集地存在于有限的空间里，只须挤汽车时背后有力的一推，便也可解决一点辛苦，自然这是太不伟大，太不壮丽了。可是，事实上，佩剑时代已经过去了。曾有个北方朋友对我大骂上海"小男人"，只是因为他们时常提着小菜篮子去市场买菜，居然还要还价。听了只有一笑。男人的责任如将只扮演成一个男子汉,让负重的女人欣赏爱戴,那么,男子则是正式地堕落了。所以,我对男性影星的迷恋,渐渐地从高仓健身上转移到美国的达斯汀·霍夫曼身上,他在《午夜牛郎》中扮演一个流浪汉,在《毕业生》中扮演刚毕业的大学生,在《克雷默夫妇》里演克雷默。他矮小,削瘦,貌不惊人,身上似乎消退了原始的力感,可却有一种内在的、能够应付瞬息万变的世界的能力。他能在纽约乱糟糟的街头生存下来,能克服了青春的虚无与骚乱终于有了目标,能在妻子出走后像母亲一样抚养儿子——看着他在为儿子煎法国面包,为儿子系鞋带,为儿子受伤而流泪,我几乎以为这就是男性的伟大了,比较起来,高仓健之类的男性便只成了理想里和图画上的男子汉了。

生活很辛苦,要工作,还要工作得好……要理家,谁也不甘别人家过得差。为了永远也做不尽的家务,吵了无数次的嘴,流了多少眼泪,还罢了工,可最终还得将这日子过下去,这日子却也吸引着人过下去。每逢烦恼的时候,他便用我小说里的话来刻薄我:"生活就是这样,这就是生活。"这时方才觉出自己小说的浅薄,可是再往深处想想,仍然是这句话:这就是生活。有着永远无法解决的矛盾,却也有同样令人不舍的东西。

虽有着无穷无尽的家务,可还是有个家好啊,还是在一地的好啊。房间里有把男人用的剃须刀,阳台上有几件男人的衣服晾着,便有了安全感似的,心定了;逢到出差回家,想到房间里有人等着，即使这人将房间糟蹋得不成样子，心里也是高兴。反过来想，如若没有一个人时常吵吵嘴，那也够冷清的；如若没有一大摊杂事打扰打扰，每日尽爬格子又有何乐趣，又能爬出什么名堂？想到这些，便心平气和了。何况，彼此都在共同生活中有了一点进步，他日益增进了责任心，紧要时候，也可以朴素地制作一菜一汤，我也去掉一点大小姐的娇气，正视了现实。总之，既然耐不住孤独要有个家，那么有了家必定就有了家务，就只好吵吵闹闹地做家务了。

（选自《女人的自爱与尊严》，河北人民出版社，1987年版）

图书在版编目（CIP）数据

男男女女 / 黄子平编. —长沙：湖南人民出版社，2023.7
ISBN 978-7-5561-3187-7

Ⅰ.①男… Ⅱ.①黄… Ⅲ.①散文集－中国 Ⅳ.①I26

中国国家版本馆CIP数据核字（2023）第040001号

男男女女
NAN NAN NÜ NÜ

编　者：黄子平
出版统筹：陈　实
监　制：傅钦伟
选题策划：北京领读文化
产品经理：领　读-孙　浩
责任编辑：陈　实　张玉洁
责任校对：夏丽芬
装帧设计：广　岛·UNLOOK
unlook-guangdao.com

出版发行：湖南人民出版社有限责任公司［http://www.hnppp.com］
地　　址：长沙市营盘东路3号　　邮编：410005　　电话：0731-82683313

印　　刷：湖南凌宇纸品有限公司
版　　次：2023年7月第1版　　　　　　印　　次：2023年7月第1次印刷
开　　本：880 mm × 1230 mm　　1/32　　印　　张：7.875
字　　数：155千字
书　　号：ISBN 978-7-5561-3187-7
定　　价：42.00元

营销电话：0731-82683348（如发现印装质量问题请与出版社调换）